(明)陈继儒 著

图书在版编目（CIP）数据

小窗幽记 /（明）陈继儒著 . -- 北京 : 中国长安出版传媒有限公司 , 2025. 1. -- ISBN 978-7-5107-1164-0

Ⅰ . B825

中国国家版本馆 CIP 数据核字第 202473T030 号

小窗幽记

（明）陈继儒　著

出版发行	中国长安出版传媒有限公司
社　　址	北京市东城区北池子大街 14 号（100006）
邮　　箱	capress@163.com
责任编辑	刘英雪
策　　划	黄　利　万　夏
营销支持	曹莉丽
特约编辑	高　翔
装帧设计	紫图图书 ZITO
发行电话	（010）66529988 - 1321
印　　刷	艺堂印刷（天津）有限公司
开　　本	889 mm×1194 mm　32 开
印　　张	12.25
字　　数	64 千字
版　　次	2025 年 1 月第 1 版
印　　次	2025 年 1 月第 1 次印刷

书　　号	ISBN 978-7-5107-1164-0
定　　价	59.90 元

黄花红树,春不如秋;
白雪青松,冬亦胜夏。
春夏园林,秋冬山谷,
一心无累,四季良辰。

晓起入山,新流没岸;
棋声未尽,石磬依然。
松声竹韵,不浓不淡。
何必丝与竹?山水有清音。

目录

叙

卷壹　集醒 —— 一

卷贰　集情 —— 五五

卷叁　集峭 —— 八五

卷肆　集灵 —— 一〇九

卷伍　集素 —— 一五一

卷陆　集景 —— 二〇一

卷柒　集韵 —— 二三一

卷捌　集奇 —— 二六一

卷玖　集绮 —— 二七七

卷拾　集豪 —— 二九九

卷拾壹　集法 —— 三二三

卷拾贰　集倩 —— 三四七

叙

　　太上立德,其次立言。言者心声,而人品学术,恒有此见焉。无论词躁、词俭、词烦、词支,徒蹈尚口之戒。倘语大而夸,谈理而腐,亦岂可以为训乎?然则欲求传世行远,名山不朽,必贵有以居其要矣。

　　眉公先生负一代盛名,立志高尚,著述等身,曾集《小窗幽记》以自娱,泄天地之秘笈,撷经史之菁华,语带烟霞,韵谐金石,醒世持世,一字不落言筌;挥麈风生,直夺清谈之席;解颐语妙,常发斑管之花。所谓端庄杂流漓,尔雅兼温文,有美斯臻,无奇不备。夫岂卮言无当,徒以资覆瓿之用乎?

　　许昌崔维东,博学好古,欲付剞劂,以公同好,问序于余,因不辞谫陋,特为之弁言简端。

　　　　　　乾隆三十五年,岁次庚寅春月
　　　　　　昌平陈本敬仲思氏书
　　　　　　于聚星书院之谢青堂

卷壹 集醒

食中山之酒①,一醉千日。今之昏昏逐逐,无一日不醉,趋名者醉于朝,趋利者醉于野,豪者醉于声色车马。安得一服清凉散,人人解醒。集醒第一。

① 中山之酒:泛指美酒。

倚才高而玩世，背后须防射影之虫[1]；
饰厚貌[2]以欺人，面前恐有照胆之镜[3]。

1 射影之虫：传说中名为蜮的虫子，生活在水中，可以含着沙子射人，影子被射中会生出疥疮、头痛发热，严重的还会死亡。此处引指阴谋害人。
2 厚貌：忠厚老实的样子。
3 照胆之镜：传说中秦朝咸阳宫里的方镜，能照见人的五脏六腑，患病者照镜可知疾病所在，有邪心者照镜则胆张心动。

怪小人之颠倒豪杰，不知惯颠倒方为小人；
惜吾辈之受世折磨，不知惟折磨乃见吾辈。

花繁柳密处，拨得开，才是手段；
风狂雨急时，立得定，方见脚根。

淡泊之守，须从秾艳场[1]中试来；
镇定之操，还向纷纭境上勘过。

1 秾艳场：指歌舞楼台等场所。秾艳，色彩非常艳丽。

市恩¹不如报德之为厚，要誉不如逃名²之为适，
矫情不如直节³之为真。

1 市恩：施舍恩惠。
2 逃名：回避虚名。
3 直节：守正不阿的操守。

使人有面前之誉，不若使人无背后之毁；
使人有乍交之欢，不若使人无久处之厌。

攻人之恶毋太严，要思其堪受；
教人以善勿过高，当原其可从。

不近人情，举世皆畏途；
不察物情，一生俱梦境。

遇嘿嘿¹不语之士，切莫输心²；
见悻悻³自好之徒，应须防口。

1 嘿嘿：沉默寡言。嘿，同"默"，不作声。
2 输心：深切地沟通，以真心交流。
3 悻悻：怨恨失意的样子；刚愎傲慢的样子。

结缨整冠[1]之态，勿以施之焦头烂额之时；
绳趋尺步之规[2]，勿以用之救死扶危之日。

1 结缨整冠：系好冠带，整理好帽子。表示从容自信的样子。缨，帽子上的带子。
2 绳趋尺步：举动符合规矩，有法有度。绳与尺都是木工校准曲直、测量长短的工具，此处引申为法度。趋，快步走。

议事者身在事外，宜悉利害之情；
任[1]事者身居事中，当忘利害之虑。

1 任：担当，承担。

俭，美德也，过则为悭吝[1]，为鄙啬，反伤雅道[2]；
让，懿行也，过则为足恭[3]，为曲谨[4]，多出机心[5]。

1 悭（qiān）吝：吝啬，小气。
2 雅道：正道、忠厚之道。
3 足恭：过度谦顺，以取媚于人。
4 曲谨：谨小慎微。
5 机心：巧诈之心，机巧功利之心。

藏巧于拙，用晦而明[1]；
寓清于浊，以屈为伸。

[1] 用晦而明：行事隐晦而内心明了。

彼无望德，此无示恩，穷交所以能长；
望不胜奢，欲不胜餍[1]，利交所以必忤[2]。

[1] 欲不胜餍（yàn）：欲望得不到满足。餍，满足。
[2] 忤：抵触，反目。

怨因德彰[1]，故使人德我，不若德怨之两忘；
仇因恩立，故使人知恩，不若恩仇之俱泯。

[1] 怨因德彰：怨恨由于立德而更加明显。彰，明显。

天薄我福，吾厚吾德以迓[1]之；
天劳我形，吾逸吾心以补之；
天阨[2]我遇，吾亨[3]吾道以通之。

1 迓（yà）：迎接。
2 阨：同"厄"，阻塞。
3 亨：通达，顺利。

淡泊之士，必为秾艳者所疑；
检饬之人，必为放肆者所忌。

事穷势蹙[1]之人，当原其初心；
功成行满之士，要观其末路。

1 势蹙：走投无路。蹙，急迫，紧迫。

好丑心太明，则物不契[1]；
贤愚心太明，则人不亲。
须是内精明，而外浑厚，使好丑两得其平，贤愚共受其益，才是生成[2]的德量。

1 契：相合，相投。
2 生成：生育，上天的造化。

好辩以招尤¹，不若讱默²以怡性；
广交以延誉，不若索居以自全；
厚费以多营，不若省事以守俭；
逞能以受妒，不若韬³精以示拙。

1 尤：过失。
2 讱（rèn）默：言不轻出，说话谨慎。
3 韬：隐蔽。

费千金而结纳贤豪，孰若倾半瓢之粟以济饥饿；
构千楹¹而招徕宾客，孰若葺²数椽³之茅以庇孤寒。

1 楹：量词，计量房屋的单位。屋一列为一楹。
2 葺：用茅草覆盖房顶。现泛指修理房屋。
3 椽：指房屋的间数。

恩不论多寡,当厄的壶浆[1],得死力之酬;
怨不在浅深,伤心的杯羹[2],召亡国之祸。

1 当厄的壶浆:指给遭遇困厄的人酒食。
2 伤心的杯羹:典故出自《左传·宣公四年》,楚人献鼋于郑灵公,灵公邀众大夫共享,唯独不让公子宋享用。公子宋发怒,用手指蘸了汤汁尝了一点,触怒灵公,想要杀掉公子宋。没想到公子宋先下手为强,在夏天把灵公杀了。

仕途虽赫奕[1],常思林下的风味,则权势之念自轻;
世途虽纷华,常思泉下[2]的光景,则利欲之心自淡。

1 赫奕:光辉显赫的样子。
2 泉下:黄泉之下。指人死后埋葬之处。

居盈满者，如水之将溢未溢，切忌再加一滴；
处危急者，如木之将折未折，切忌再加一搦[1]。

1 搦（nuò）：按、压、捏、握。

了心[1]自了事，犹根拔而草不生；
逃世不逃名，似膻存而蚋[2]还集。

1 了心：了断心中的杂念。
2 蚋（ruì）：一类与蚊子和家蝇相近的、小的、吸血蝇类的总称。

情最难久，故多情人必至寡情；
性自有常[1]，故任性人终不失性。

1 性自有常：人的本性自有其常道。

才子安心草舍者，足登玉堂；
佳人适意蓬门[1]者，堪贮金屋。

1 蓬门：以蓬草为门，指贫寒之家。

喜传语者，不可与语；好议事者，不可图事。

甘人[1]之语，多不论其是非；

激人之语，多不顾其利害。

[1] 甘人：阿谀奉承的人。

真廉无廉名，立名者，正所以为贪；

大巧无巧术，用术者，乃所以为拙。

为恶而畏人知，恶中犹有善念；

为善而急人知，善处即是恶根。

谈山林之乐者，未必真得山林之趣；

厌名利之谈者，未必尽忘名利之情。

从冷视热，然后知热处之奔驰无益；

从冗[1]入闲，然后觉闲中之滋味最长。

[1] 冗：繁忙。

贫士肯济人,才是性天[1]中惠泽;

闹场能笃[2]学,方为心地上工夫。

1 性天:即天性。
2 笃:一心一意。

伏久者,飞必高;开先者,谢独早。

贪得者,身富而心贫;知足者,身贫而心富。

居高者,形逸而神劳;处下者,形劳而神逸。

局量宽大,即住三家村[1]里,光景不拘;

智识卑微,纵居五都市[2]中,神情亦促。

1 三家村:形容人烟稀少、地处偏僻的小乡村。
2 五都市:泛指繁华的都市。

惜寸阴者,乃有凌铄[1]千古之志;

怜微才者,乃有驰驱豪杰之心。

1 凌铄:欺压,干犯。这里有驾驭之意。

天欲祸人，必先以微福骄之，要看他会受；

天欲福人，必先以微祸儆[1]之，要看他会救。

1 儆：同"警"，使人警醒。

书画受俗子品题，三生浩劫；

鼎彝[1]与市人赏鉴，千古异冤。

1 鼎彝：古代祭器，比喻珍贵的器物。

脱颖之才，处囊而后见[1]；

绝尘之足，历块[2]以方知。

1 处囊而后见：比喻一个人的才智得到机会便显露出来。
2 历块：形容疾速。

结想[1]奢华，则所见转多冷淡；

冥心清素，则所涉都厌尘氛。

1 结想：心心念念，反复思念。

多情者，不可与定妍媸[1]；多谊者，不可与定取与。

多气者，不可与定雌雄；多兴者[2]，不可与定去住[3]。

1 妍媸：美与丑。
2 多兴者：兴趣广泛，兴致极高的人。
3 去住：去留。

世人破绽处，多从周旋[1]处见；

指摘处，多从爱护处见；

艰难处，多从贪恋处见。

1 周旋：交际应酬。

凡情留不尽之意，则味深；

凡兴留不尽之意，则趣多。

待富贵人，不难有礼，而难有体；

待贫贱人，不难有恩，而难有礼。

山栖[1]是胜事[2],稍一萦恋[3],则亦市朝[4];

书画赏鉴是雅事,稍一贪痴,则亦商贾;

诗酒是乐事,少一徇[5]人,则亦地狱;

好客是豁达事,一为俗子所挠,则亦苦海。

1 山栖:居于山中。
2 胜事:美好的事情。
3 萦恋:因为喜欢而有所牵挂和留恋。
4 市朝:指追名逐利之所。
5 徇:依从,顺从。

多读两句书,少说一句话;

读得两行书,说得几句话。

看中人[1],在大处不走作[2];

看豪杰,在小处不渗漏。

1 中人:常人、普通人。
2 走作:古文常用词,有生事、起衅、越规、放逸之意。

留七分正经,以度生;留三分痴呆,以防死。

轻财足以聚人，律己足以服人，
量宽足以得人，身先足以率人。

从极迷处识迷，则到处醒；
将难放怀一放，则万境宽。

大事难事，看担当；逆境顺境，看襟度[1]；
临喜临怒，看涵养；群行群止[2]，看识见。

1 襟度：胸襟气度。
2 群行群止：在与众人相处中表现出来的行为举止。

安详[1]是处事第一法，谦退是保身第一法，
涵容是处人第一法，洒脱是养心第一法。

1 安详：指举止稳重，从容自然。

处事最当熟思缓处。熟思则得其情，缓处则得其当。
必能忍人不能忍之触忤[1]，斯能为人不能为之事功。

1 触忤：冒犯，忤逆。

轻与¹必滥取，易信必易疑。

1 轻与：轻易地给予。

积丘山之善，尚未为君子；
贪丝毫之利，便陷于小人。

智者不与命斗，不与法斗，不与理斗，不与势斗。

良心在夜气清明之候，真情在箪食豆羹¹之间。故以我索²人，不如使人自反；以我攻人，不如使人自露。

1 箪食豆羹：一箪饭食，一豆羹汤。这里指粗茶淡饭。
2 索：绳索，这里比喻标准、规则。

侠之一字，昔以之加义气，今以之加挥霍，只在气魄气骨之分。

不耕而食，不织而衣，摇唇鼓舌[1]，妄生是非，故知无事之人好为生事。

1 摇唇鼓舌：耍嘴皮子，做挑拨、煽动的事。

才人经世，能人取世，晓人逢世，
名人垂世，高人玩世，达人出世。

宁为随世之庸愚，勿为欺世之豪杰。

沾泥带水之累，病根在一"恋"字；
随方逐圆[1]之妙，便宜[2]在一"耐"字。

1 随方逐圆：根据物体的形状、地形的高低等作出与之相适应的设计构造。形容为人处世能够根据形势变化，随机应变。
2 便宜：因利乘便，趁机行事。

天下无不好谀之人，故谄之术不穷；
世间尽善毁之辈，故谗之路难塞。

进善言，受善言，如两来船，则相接耳。

清福,上帝所吝,而习忙可以销福;
清名,上帝所忌,而得谤可以销名。

造谤者甚忙,受谤者甚闲。

蒲柳之姿[1],望秋而零;松柏之质,经霜弥茂。

[1] 蒲柳之姿:像蒲柳那样的姿质,用来自谦,或比喻身体虚弱。蒲柳,也叫水杨,一种落叶灌木,通常入秋后就凋零。

人之嗜名节,嗜文章,嗜游侠,如好酒然,易动客气[1],当以德消之。

[1] 客气:宋代儒学以心为性之本,称发乎血气的生理之性为客气。

好谭闺阃[1],及好讥讽者,必为鬼神所怒,非有奇祸,必有奇穷。

[1] 闺阃(kǔn):指妇女居住的地方,借指妇女之事。

神人之言微,圣人之言简,贤人之言明,众人之言多,小人之言妄。

士君子不能陶镕[1]人，毕竟学问中工力未透。

1 陶镕：陶铸熔炼。比喻培育、造就。

有一言而伤天地之和，一事而折终身之福者，切须检点[1]。能受善言，如市人求利，寸积铢累，自成富翁。

1 检点：检查约束。

金帛多，只是博得垂老时子孙眼泪少，不知其他，知有争而已；金帛少，只是博得垂老时子孙眼泪多，不知其他，知有哀而已。

景[1]不和[2]，无以破昏蒙之气；
地不和，无以壮[3]光华之会。

1 景：日光。
2 和：和顺，和谐。
3 壮：增添。

一念之善，吉神随之；一念之恶，厉鬼随之。
知此可以役使鬼神。

出一个丧元气[1]进士，不若出一个积阴德平民。

1 元气：人的精神。

眉睫才交[1]，梦里便不能张主；
眼光落地[2]，泉下又安得分明。

1 眉睫才交：闭上眼睛，指刚刚睡着。
2 眼光落地：指人死亡。

佛只是个了[1]，仙也是个了，圣人了了不知了。
不知了了是了了，若知了了便不了。[2]

1 了：彻悟，明白。
2 不知了了是了了，若知了了便不了：知道得不太明白就是明白，若知道得太明白就是不明白。

万事不如杯在手，一年几见月当空。

忧疑杯底弓蛇,双眉且展;
得失梦中蕉鹿[1],两脚空忙。

1 蕉鹿:指梦幻。蕉,通"樵",木柴。

名茶美酒,自有真味。好事者投香物佐之,反以为佳。此与高人韵士误堕尘网[1]何异。

1 尘网:世俗生活。

花棚石磴[1],小坐微醺。
歌欲独,尤欲细;
茗[2]欲频,尤欲苦。

1 石磴:石头台阶。
2 茗:指茶。

善默[1]即是能语,用晦[2]即是处明[3],
混俗[4]即是藏身,安心即是适境。

1 善默:喜欢沉默。
2 用晦:韬光养晦。
3 处明:显现自己。
4 混俗:混迹世俗,融入世俗。

虽无泉石膏肓[1],烟霞痼疾[2],
要识山中宰相,天际真人[3]。

1 膏肓:病情严重。
2 痼疾:久治不愈的病。
3 天际真人:此指隐居天涯的高人贤士和世外真人。

气收自觉怒平,神敛自觉言简,
容人自觉味和,守静自觉天宁。

处事不可不斩截[1],存心不可不宽舒,
待己不可不严明,与人不可不和气。

1 斩截:斩钉截铁,比喻说话做事十分果断。

居不必无恶邻,会¹不必无损友,惟在自持者两得之。

1 会:聚会,相会。

要知自家是君子小人,只于五更头¹检点²思想的是什么便见得。

1 五更头:五更天,也就是天快亮的时候。
2 检点:反省。

以理听言¹,则中有主;以道窒欲,则心自清。

1 以理听言:遵从事理判断他人的言论。

先淡后浓，先疏后亲，先远后近，交友道也。

苦恼世上，意气须温[1]；嗜欲场中，肝肠欲冷[2]。

1 意气须温：保持心平气和。
2 肝肠欲冷：保持内心冷静。

形骸[1]非亲，何况形骸外之长物；

大地亦幻，何况大地内之微尘[2]。

1 形骸：身体，躯体。
2 微尘：细小的东西，此处指世俗中的人。

人当溷扰[1]，则心中之境界何堪；

人遇清宁，则眼前之气象自别。

1 溷（hùn）扰：纷扰，混乱。

寂而常惺[1]，寂寂之境不扰；

惺而常寂，惺惺之念不驰[2]。

1 惺：醒悟，清醒。
2 驰：丢失，失控。

童子智少,愈少而愈完;
成人智多,愈多而愈散。

无事便思有闲杂念头否,有事便思有粗浮意气否;得意便思有骄矜辞色[1]否,失意便思有怨望情怀否。时时检点得到,从多入少,从有入无处,才是学问的真消息。

[1] 骄矜辞色:傲慢、飞扬跋扈的神色。

笔之用以月计,墨之用以岁计,砚之用以世计。笔最锐,墨次之,砚钝者也。岂非钝者寿而锐者夭耶?笔最动,墨次之,砚静者也。岂非静者寿而动者夭乎?于是得养生焉。以钝为体,以静为用,唯其然是以能永年[1]。

[1] 永年:长寿。

贫贱之人，一无所有，及临命终时，脱一"厌"[1]字；富贵之人，无所不有，及临命终时，带一"恋"字。脱一"厌"字，如释重负；带一"恋"字，如担枷锁。

[1] 厌：厌倦，失望。

透[1]得名利关，方是小休歇；透得生死关，方是大休歇。

[1] 透：看透，悟透。

人欲求道，须于功名上闯一闯方心死，此是真实语。

病至，然后知无病之快；
事来，然后知无事之乐。
故御病不如却病，完事不如省事。

讳贫者，死于贫，胜心使之也；
讳病者，死于病，畏心蔽之也；
讳愚者，死于愚，痴心覆之也。

古之人，如陈玉石于市肆，瑕瑜不掩；
今之人，如货古玩于时贾，真伪难知。

士大夫损德处，多由立名心太急。

多躁者，必无沉潜之识[1]；多畏者，必无卓越之见；
多欲者，必无慷慨之节；多言者，必无笃实[2]之心；
多勇者，必无文学之雅。

1 沉潜之识：深刻的见解。
2 笃实：忠诚，老实。

剖去胸中荆棘[1]，以便人我往来，是天下第一快活世界。

1 胸中荆棘：心中的嫌隙、芥蒂。

古来大圣大贤，寸针相对[1]；世上闲语，一笔勾销。

1 寸针相对：针尖对针尖，针锋相对。比喻双方对等。这里谓对于圣贤，要一丝一毫地对照、效法。

挥洒以怡情,与其应酬,何如兀坐[1]?

书礼以达情,与其工巧,何若直陈?

棋局以适情,与其竞胜,何若促膝?

笑谈以洽情,与其谑浪[2],何若狂歌?

1 兀坐:端坐。
2 谑浪:戏谑,放浪。

"拙"之一字,免了无千[1]罪过;

"闲"之一字,讨了无万便宜。

1 无千:形容极多。

斑竹[1]半帘,惟我道心清似水;

黄粱一梦[2],任他世事冷如冰。

欲住世出世,须知机[3]息机。

1 斑竹:又称香妃竹。因叶子上有类似眼泪的斑点,故称"斑竹"。
2 黄粱一梦:比喻虚幻不能实现的梦想。后比喻荣华富贵如梦一般,短促而虚幻。
3 机:功利机巧之心。

书画为柔翰[1]，故开卷张册，贵于从容；
文酒[2]为欢场，故对酒论文，忌于寂寞。

1 柔翰：毛笔。
2 文酒：饮酒赋诗。

荣利造化，特以戏人，一毫着意[1]，便属桎梏[2]。

1 着意：用心，留意。
2 桎梏：脚镣和手铐。比喻束缚人或事物的东西。

士人不当以世事分读书，当以读书通世事。

天下之事，利害常相半；有全利，而无小害者，惟书。

意在笔先，向庖羲[1]细参易画；
慧生牙后[2]，恍颜氏[3]冷坐书斋。

1 庖羲：即伏羲氏。
2 慧生牙后：此指言外的理趣。
3 颜氏：指孔子的弟子颜回。

明识红楼为无家之丘垄[1]，迷来认作舍生岩[2]；
真知舞衣为暗动之兵戈，快去暂同试剑石。

1 丘垄：坟墓。
2 舍生岩：又称舍生崖。今泰山的一处景点，有人妄称投身崖下便可摆脱罪孽。这里比喻可以卖身求道的地方。

调性之法，须当似养花天[1]；
居才之法，切莫如妒花雨[2]。

1 养花天：暮春牡丹开花时节。因天多轻云微雨，适宜养花。
2 妒花雨：古时称摧残盛开鲜花的骤雨为妒花雨。

事忌脱空[1]，人怕落套。

1 脱空：脱离实际。

烟云堆里，浪荡子逐日称仙；
歌舞丛中，淫欲身几时得度？

山穷鸟道[1]，纵藏花谷少流莺；
路曲羊肠，虽覆柳荫难放马。

1 鸟道：比喻险峻的山路，只有飞鸟可以通行。

能于热地思冷，则一世不受凄凉；
能于淡处求浓，则终身不落枯槁。

会心[1]之语，当以不解解之[2]；
无稽之言，是在不听听耳[3]。

1 会心：心领神会。
2 不解解之：不用解释就能理解它。
3 不听听耳：姑妄听之。

佳思忽来，书能下酒；
侠情一往，云可赠人。

蔼然可亲，乃自溢[1]之冲和[2]，妆不出温柔软款；
翘然难下[3]，乃生成之倨傲，假不得[4]逊顺[5]从容。

1 自溢：自然流露。
2 冲和：淡泊平和。
3 翘然难下：昂首挺胸，盛气凌人。
4 假不得：借不来。
5 逊顺：谦逊，恭顺。

风流得意，则才鬼¹独胜顽仙；
孽债为烦，则芳魂²毒于虐祟³。

1 才鬼：有才情的鬼。
2 芳魂：有芳名的阴魂。
3 虐祟：凶恶的鬼怪。

极难处是书生落魄，最可怜是浪子白头。

世路如冥¹，青天障蚩尤之雾²；
人情若梦，白日蔽巫女之云³。

1 冥：夜晚。
2 蚩尤之雾：相传蚩尤与黄帝大战于涿鹿之时，蚩尤作障造雾，弥漫四野，使人辨不清东西南北。
3 巫女之云：语出自宋玉《高唐赋·序》。描写了楚之先王与巫山神女相恋的故事："妾在巫山之阳，高丘之阻，且为朝云，暮为行雨，朝朝暮暮，阳台之下。"

密交,定有夙缘[1],非以鸡犬盟[2]也;

中断,知其缘尽,宁关萋菲[3]间之。

1 夙缘:前世的缘分。
2 鸡犬盟:古时举行结盟仪式,杀鸡或犬,把血滴入酒中,结盟者依次喝下,表示会永远信守盟约。
3 萋菲:花纹错杂的样子。这里代指谗言。

堤防不筑,尚难支移壑之虞[1];

操存不严,岂能塞横流之性。

1 移壑之虞:河流改道的忧患。

发端[1]无绪,归结[2]还自支离;

入门一差,进步终成恍惚。

1 发端:起步,开始。
2 归结:最后,最终。

打诨[1]随时[2]之妙法,休嫌终日昏昏;

精明当事之祸机,却恨一生了了。

藏不得是拙,露不得是丑。

1 打诨:戏谑。
2 随时:顺应世情。

形[1]同隽石[2],致[3]胜冷云,决非凡士;
语学娇莺,态摹媚柳,定是弄臣[4]。

1 形:外在的形体。
2 隽石:美石。
3 致:内在的情趣、兴致。
4 弄臣:善于玩弄权术、媚上的小人。

开口辄生雌黄[1]月旦之言[2],吾恐微言[3]将绝;捉笔便惊缤纷绮丽之饰,当是妙处不传。

1 雌黄:即鸡冠石,一种黄色矿物,可作染料。古代人在黄纸上写字,写了错字就用雌黄涂抹后修改。
2 月旦之言:即月旦评,谓品评人物。此处指说话不负责任,信口开河。
3 微言:轻微却深藏大义的语言。

风波肆险,以虚舟[1]震撼,浪静风恬;
矛盾相残,以柔指解分,兵销戈倒。

1 虚舟:比喻胸怀恬淡旷达。

豪杰向简淡中求,神仙从忠孝上起。

人不得道，生死老病四字关，谁能透过？
独美人名将，老病之状，尤为可怜。

日月如惊丸[1]，可谓浮生矣，惟静卧是小延年；
人事如飞尘，可谓劳攘[2]矣，惟静坐是小自在。

1 惊丸：迅疾飞行的子弹，比喻时光飞逝。
2 劳攘：纷扰，纷乱。

平生不作皱眉事，天下应无切齿人。

暗室之一灯，苦海之三老[1]，截[2]疑网[3]之宝剑，抉盲眼之金针。

1 苦海之三老：渡世人脱离苦海的舵工。苦海，佛教指尘世间烦恼和苦难。三老，此泛指舵工。
2 截：截断。
3 疑网：疑虑、猜忌之网。

攻取[1]之情化[2]，鱼鸟亦来相亲；

悖戾[3]之气销，世途不见可畏。

1 攻取：进攻、索取。
2 化：化解，消除。
3 悖戾：违逆，乖张。

吉人[1]安祥，即梦寐神魂[2]，无非和气；

凶人狠戾，即声音笑语，浑是杀机。

1 吉人：好人。
2 梦寐神魂：梦中的神仙鬼魂。

天下无难处之事，只要两个如之何[1]；

天下无难处之人，只要三个必自反[2]。

1 两个如之何：指动脑筋。
2 三个必自反：从各方面反躬自问、自我反省。

能脱俗便是奇[1]，不合污便是清。处巧若拙，处明若晦，处动若静。

1 奇：超越平凡，珍奇之意。

参玄[1]借以见性,谈道借以修真[2]。

1 参玄:佛教用语,指参禅。玄思冥想,探求真理,以求得"明心见性"。
2 修真:源于道家,道教中学道修行,求得真我,去伪存真为"修真"。

世人皆醒时作浊事,安得睡时有清身?
若欲睡时得清身,须于醒时有清意。

好读书非求身后之名,但异见异闻,心之所愿,是以孜孜搜讨,欲罢不能,岂为声名劳七尺[1]也?

1 七尺:指身躯。人身长约为古尺的七尺,故称。

一间屋，六尺地，虽没庄严，却也精致；
蒲作团，衣作被，日里可坐，夜间可睡；
灯一盏，香一炷，石磬数声，木鱼几击；
龛常关，门常闭，好人放来，恶人回避；
发不除，荤不忌，道人心肠，儒者服制[1]；
不贪名，不图利，了清静缘，作解脱计；
无挂碍，无拘系，闲便入来，忙便出去；
省闲非，省闲气，也不游方[2]，也不避世；
在家出家，在世出世，佛何人，佛何处？
此即上乘，此即三昧。
日复日，岁复岁，毕我这生，任他后裔。

1 服制：衣服的样式。
2 游方：指僧人为修行问道或化缘而云游四方。此处指四处游荡。

草色花香，游人赏其真趣；
桃开梅谢，达士悟其无常。

招客留宾，为欢可喜，未断尘世之扳援[1]；
浇花种树，嗜好虽清，亦是道人之魔障[2]。

1 扳援：攀附，依附。
2 魔障：佛教用语，指修身的障碍。

人常想病时，则尘心便减；
人常想死时，则道念自生。

入道场[1]而随喜，则修行之念勃兴[2]；
登丘墓而徘徊，则名利之心顿尽。

1 道场：指道观、寺庙等修道信佛的场所。
2 勃兴：勃然兴起，蓬勃发展。

铄金玷玉[1]，从来不乏乎谗人；
洗垢索瘢[2]，尤好求多于佳士。
止作秋风过耳[3]，何妨尺雾障天。

1 铄金玷玉：指散布谣言，诽谤、诋毁他人。
2 洗垢索瘢：洗去污垢后，仍然索寻瘢痕。形容过分地挑剔。
3 秋风过耳：秋风吹过耳朵。比喻毫不放在心上。

真放肆不在饮酒高歌,假矜持偏于大庭卖弄。
看明世事透,自然不重功名;
认得当下真,是以常寻乐地。

富贵功名,荣枯得丧,人间惊见白头;
风花雪月,诗酒琴书,世外喜逢青眼[1]。

1 青眼:指对人喜爱或器重的意思。青眼看人则是表示对人的喜爱或重视、尊重。

欲不除,似蛾扑灯,焚身乃止;
贪无了,如猩嗜酒[1],鞭血方休。

1 如猩嗜酒:猎人知道猩猩嗜酒,设下陷阱,猩猩们因为贪酒,中了陷阱,结果一个个都被捉了。指为了实现欲望不惜牺牲生命。

涉江湖者,然后知波涛之汹涌;
登山岳者,然后知蹊径之崎岖。

人生待足,何时足;未老得闲,始是闲。

谈空反被空迷,耽[1]静多为静缚。

1 耽:沉迷,沉醉。

旧无陶令酒巾[1],新撇张颠[2]书草;

何妨与世昏昏?只问君心了了。

1 陶令酒巾:陶令,即陶渊明,曾出仕为彭泽县令,故称"陶令"。酒巾,指陶渊明用头上葛巾过滤酒。
2 张颠:指张旭,唐代著名书法家,最擅草书,爱饮酒,人称"张颠"。

以书史为园林,以歌咏为鼓吹,

以理义为膏粱[1],以著述为文绣[2],

以诵读为菑畬[3],以记问[4]为居积[5],

以前言往行为师友,以忠信笃敬为修持,

以作善降祥为因果,以乐天知命为西方[6]。

1 膏粱:精美的食物。
2 文绣:华丽的衣服。
3 菑畬(zī yú):指垦荒,耕耘。
4 记问:记诵讨教。
5 居积:积累财富。
6 西方:佛教术语,指极乐世界。

云烟影里[1]见真身[2]，始悟形骸为桎梏；
禽鸟声中闻自性[3]，方知情识是戈矛。

1 云烟影里：比喻如同烟云一样漂浮不定、模糊不清的尘世。
2 真身：本来面目。
3 自性：原本的性情。

事理因人言而悟者，有悟还有迷，总不如自悟之了了；
意兴从外境而得者，有得还有失，总不如自得之休休[1]。

1 休休：闲适的样子。

白日欺人，难逃清夜之愧赧[1]；
红颜失志，空遗皓首[2]之悲伤。

1 愧赧（nǎn）：因羞愧而脸红。
2 皓首：白头，指年老。

定云止水中，有鸢飞鱼跃的景象；
风狂雨骤处，有波恬浪静的风光。

平地坦途,车岂无蹶[1]?巨浪洪涛,舟亦可渡;
料无事必有事,恐有事必无事。

1 蹶:倾倒。

富贵之家,常有穷亲戚来往,便是忠厚。

朝市山林俱有事,今人忙处古人闲。

人生有书可读,有暇得读,有资能读,
又涵养之如不识字人,是谓善读书者。
享世间清福,未有过于此也。

世上人事无穷,越干越见不了;
我辈光阴有限,越闲越见清高。

两刃相迎俱伤,两强相敌俱败。

我不害人,人不我害;人之害我,由我害人。

商贾不可与言义,彼溺于利;

农工不可与言学,彼偏于业[1];

俗儒不可与言道,彼谬于词[2]。

1 偏于业:偏爱本业。
2 谬于词:拘泥于言辞。

博览广识见,寡交少是非。

明霞可爱,瞬眼而辄空;

流水堪听,过耳而不恋。

人能以明霞视美色,则业障[1]自轻;

人能以流水听弦歌,则性灵何害?

1 业障:佛教用语,指罪孽。

休怨我不如人,不如我者常众;

休夸我能胜人,胜如我者更多。

人心好胜,我以胜应必败;

人情好谦,我以谦处反胜。

人言天不禁人富贵，而禁人清闲，人自不闲耳。若能随遇而安，不图将来，不追既往，不蔽目前，何不清闲之有？

暗室贞邪谁见？忽而万口喧传；
自心善恶炯然[1]，凛[2]于四王[3]考校。

1 炯然：形容非常清楚。
2 凛：严肃，严厉。
3 四王：佛教中掌管刑罚戒律的四大天王。

寒山[1]诗云："有人来骂我，分明了了知。虽然不应对，却是得便宜。"此言宜深玩味。

1 寒山：唐代著名诗僧，又称寒山子。长安人，出身于官宦人家，多次投考不第，后出家，三十岁后隐居于浙东天台山。

恩爱吾之仇也，富贵身之累也。

冯谖之铗[1],弹老无鱼;

荆轲之筑,击来有泪。

[1] 冯谖(xuān)之铗:起初冯谖不被孟尝君重视,便弹铗而歌:"长铗归来兮,食无鱼。"后又弹铗而歌:"长铗归来兮,出无舆。"孟尝君把这些都给了他。铗,剑。

以患难心居安乐,以贫贱心居富贵,则无往不泰[1]矣;

以渊谷[2]视康庄,以疾病视强健,则无往不安矣。

[1] 泰:平安,安宁。
[2] 渊谷:深谷。

有誉于前,不若无毁于后;

有乐于身,不若无忧于心。

富时不俭贫时悔,潜时[1]不学用时悔,

醉后狂言醒时悔,安不将息[2]病时悔。

[1] 潜时:这里指平时。
[2] 将息:调养,调理。

寒灰内,半星之活火;浊流中,一线之清泉。

攻¹玉于石，石尽而玉出；

淘金于沙，沙尽而金露。

1 攻：此处指加工打磨。

乍¹交不可倾倒²，倾倒则交不终；

久与不可隐匿，隐匿则心必崄³。

1 乍：刚刚。
2 倾倒：深入交流。
3 崄：同"险"，阴险，邪恶。

丹之所藏¹者赤，墨之所藏者黑。

1 藏：储藏，存放。

懒可卧，不可风；静可坐，不可思；

闷可对，不可独；劳可酒，不可食；

醉可睡，不可淫。

书生薄命原同妾，丞相怜才不论官。

少年灵慧，知抱凤根[1]；今生冥顽，可卜来世。

[1] 凤根：指前生的灵根。

拨开世上尘氛[1]，胸中自无火炎冰兢[2]；

消却心中鄙吝，眼前时有月到风来。

[1] 尘氛：尘世间的纷扰。
[2] 火炎冰兢：像火烧一样焦灼，像走在薄冰上一样恐惧。表示恐惧、谨慎之意。

尘缘割断，烦恼从何处安身；

世虑潜消，清虚[1]向此中立脚。

[1] 清虚：清净虚无。

市争利，朝争名，盖棺日何物可殉蒿里[1]？

春赏花，秋赏月，荷锸[2]时此身常醉蓬莱。

[1] 蒿里：指死人所葬之地。
[2] 荷锸：扛着铁锹，随时准备埋葬死者。荷，负荷，带着。锸，铁锹。

驷马难追，吾欲三缄其口；

隙驹易过，人当寸惜乎阴。

万分廉洁，止是小善；

一点贪污，便为大恶。

炫奇[1]之疾，医以平易；

英发[2]之疾，医以深沉；

阔大[3]之疾，医以充实。

1 炫奇：卖弄，炫耀自己的与众不同。
2 英发：才华显露。
3 阔大：华而不实，空大。

才舒放即当收敛，才言语便思简默。

贫不足羞，可羞是贫而无志；

贱不足恶，可恶是贱而无能；

老不足叹，可叹是老而虚生；

死不足悲，可悲是死而无补。

身要严重[1]，意要闲定；色要温雅，气要和平；语要简徐，心要光明；量要阔大，志要果毅；机[2]要缜密，事要妥当。

1 严重：严肃庄重。
2 机：计策，机密。

富贵家宜学宽，聪明人宜学厚。

休委罪于气化[1]，一切责之人事；
休过望于世间，一切求之我身。

1 气化：阴阳之气化生万物，这里用来喻指命运。

世人白昼寐语[1]，苟能寐中作白昼语，可谓常惺惺矣。

1 寐语：梦话。

观世态之极幻，则浮云转有常情；
咀[1]世味之皆空，则流水翻多浓旨[2]。

1 咀：品味。
2 浓旨：深厚的味道。

大凡聪明之人，极是误事。何以故？

惟聪明生意见，意见一生，便不忍舍割。

往往溺于爱河欲海者，皆极聪明之人。

是非不到钓鱼处，荣辱常随骑马人。

名心[1]未化，对妻孥[2]亦自矜庄[3]；

隐衷[4]释然，即梦寐皆成清楚。

1 名心：功名之心。
2 妻孥（nú）：指妻子和儿女。
3 矜庄：严肃庄重。
4 隐衷：不愿告人的心事。

观苏季子[1]以贫穷得志，则负郭二顷田，误人实多；

观苏季子以功名杀身，则武安六国印[2]，害人不浅。

1 苏季子：指战国时期纵横家、外交家和谋略家苏秦，字季子。
2 武安六国印：武安，武安君，苏秦的爵位。六国印，六国相印。

名利场中，难容伶俐；

生死路上，正要糊涂。

一杯酒留万世名,不如生前一杯酒,身行乐耳,遑恤[1]其他。

百年人做千年调[2],至今谁是百年人?一棺戢[3]身,万事都已。

1 遑恤:指无暇顾及。
2 调:调用,打算。
3 戢(jí):收敛,收藏。

郊野非葬人之处,楼台是为丘墓;
边塞非杀人之场,歌舞是为刀兵。
试观罗绮[1]纷纷,何异旌旗密密;
听管弦冗冗[2],何异松柏萧萧[3]?
葬王侯之骨,能消几处楼台?
落壮士之头,经得几番歌舞?
达者统为一观[4],愚人指为两地。

1 罗绮:罗和绮。借指丝绸衣裳。
2 冗冗:繁多的样子。
3 松柏萧萧:丘墓中风吹松柏的声音。
4 统为一观:看作一体。

节义傲青云,文章高白雪。

若不以德性陶镕之,终为血气之私,技能之末。

我有功于人,不可念,而过则不可不念;

人有恩于我,不可忘,而怨则不可不忘。

径路窄处,留一步与人行;

滋味浓时,减三分让人嗜。

此是涉世一极安乐法。

己情不可纵,当用逆之法制之,其道在一"忍"字;

人情不可拂,当用顺之法调之,其道在一"恕"字。

昨日之非不可留,留之则根烬复萌,而尘情终累乎理趣;

今日之是不可执,执之则渣滓未化,而理趣反转为欲根。

文章不疗山水癖,身心每被野云羁。

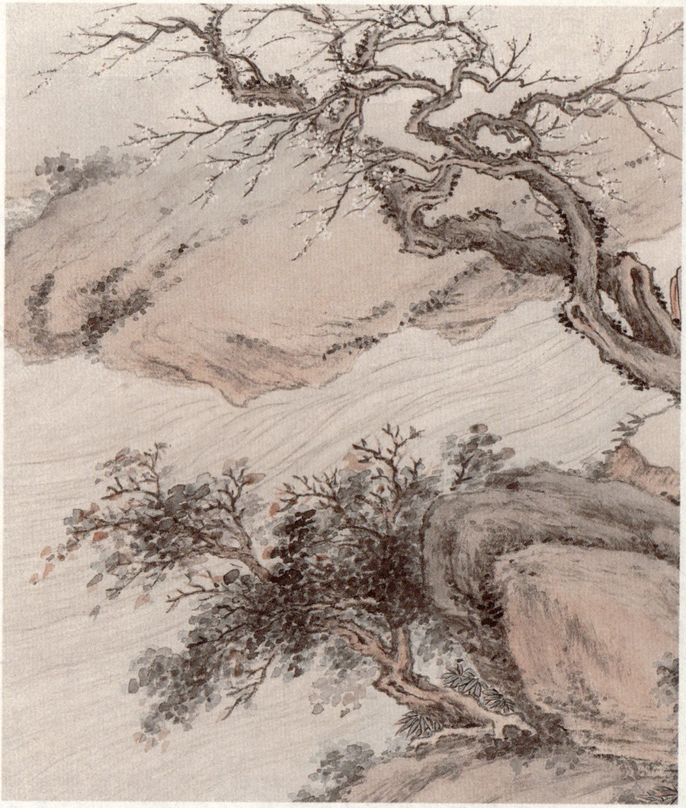

卷贰 集情

语云，当为情死，不当为情怨。明乎情者，原可死而不可怨者也。虽然，既云情矣，此身已为情有，又何忍死耶？然不死终不透彻耳。韩翃之柳，崔护之花，汉宫之流叶，蜀女之飘梧，令后世有情之人咨嗟想慕，托之语言，寄之歌咏；而奴无昆仑，客无黄衫，知己无押衙，同志无虞侯，则虽盟在海棠，终是陌路萧郎耳。集情第二。

家胜阳台[1],为欢非梦;人惭萧史[2],相偶成仙。
轻扇初开,忻[3]看笑靥;长眉始画[4],愁对离妆。
广摄金屏[5],莫令愁拥;恒开锦幔,速望人归。
镜台新去,应余落粉;熏炉未徒,定有余烟。
泪滴芳衾,锦花长湿;愁随玉轸[6],琴鹤恒惊。
锦水丹鳞[7],素书稀远;玉山青鸟[8],仙使难通。
彩笔试操,香笺遂满;行云可托,梦想还劳。
九重千日,讵[9]想偕家?单枕一宵,便如浪子。
当令照影双来,一鸾羞镜;勿使推窗独坐,嫦娥笑人。

1 阳台:比喻男女欢会之所。出自战国宋玉《高唐赋》中巫山之云的故事。
2 萧史:传说中春秋时的人物,善吹箫。此指萧史、弄玉的典故。
3 忻:同"欣",欣喜。
4 长眉始画:指汉京兆尹张敞为妻子画眉的故事。后指夫妻恩爱。
5 广摄金屏:《旧唐书·后妃传上》载,高祖皇后窦氏为女儿求贤夫,"于门屏画二孔雀,诸公子有求婚者,辄与两箭射之,潜约中目者许之"。后世遂以"金屏雀"为被选中为婿的典故。
6 玉轸:琴轴。此处代指琴。
7 锦水丹鳞:指远方的书信。
8 玉山青鸟:玉山,指传说中的仙山。青鸟,《山海经》中提到青鸟,郭璞注曰青鸟会为王母取食,后以青鸟代指信使。
9 讵:难道。

几条杨柳,沾来多少啼痕?

三叠阳关[1],唱彻古今离恨。

1 三叠阳关:一首古琴曲,又名《阳关三叠》。琴谱以唐代王维诗作《送元二使西安》为主要歌词,并延伸诗意,丰富词句,表达离别之情。该曲分为三段,歌词中原诗重复了三次,故称"三叠"。后泛指送别之曲。

世无花月美人,不愿生此世界。

荀令君[1]至人家,坐处留香三日。

1 荀令君:即荀彧,三国时期魏国人,字文若,被尊称为"荀令君"。传说他喜欢熏香,久而久之,身带香气。

罄[1]南山之竹,写意无穷;
决东海之波,流情不尽;
愁如云而长聚,泪若水以难干。

1 罄:尽,写尽。

弄绿绮[1]之琴，焉得文君之听？
濡[2]彩毫之笔，难描京兆之眉；
瞻云望月，无非凄怆之声；
弄柳拈花，尽是销魂之处。

1 绿绮：古琴样式。一说为古琴名，传说为汉代司马相如所得，司马相如用绿绮弹奏《凤求凰》，打动了卓文君。
2 濡：沾湿。

悲火常烧心曲，愁云频压眉尖。

五更三四点，点点生愁；
一日十二时，时时寄恨。

燕约莺期[1]，变作鸾悲凤泣；
蜂媒蝶使[2]，翻成绿惨红愁。

1 燕约莺期：比喻相爱的男女约会的时日。
2 蜂媒蝶使：花间飞舞的蜂蝶。比喻为男女双方居间撮合或传递书信的人。

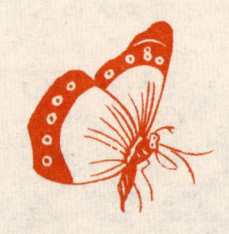

花柳深藏淑女居，何殊三千[1]弱水？

雨云不入襄王梦，空忆十二巫山。

1 三千弱水：泛指险而遥远的河流。古时，许多河流浅而湍急，人们只能用皮筏过渡，不能用船。古人认为是因为水羸弱而不能载舟，并把这样的河流称之为弱水。

枕边梦去心亦去，醒后梦还心不还。

万里关河，鸿雁来时悲信断；

满腔愁绪，子规[1]啼处忆人归。

1 子规：即杜鹃。

千叠云山千叠愁，一天明月一天恨。

豆蔻不消心上恨，丁香空结雨中愁。

月色悬空，皎皎明明，偏自照人孤另；

蛩[1]声泣露，啾啾唧唧，都来助我愁思。

1 蛩：古指蟋蟀。

慈悲筏[1]，济人出相思海；
恩爱梯，接人下离恨天[2]。

1 慈悲筏：佛家常以筏作喻，修习佛法得解脱为渡人。
2 离恨天：比喻有情男女生离，抱恨终身。这个典故出自佛经，佛经中须弥山正中有一天，四方各有八天，共三十三天。民间传说三十三天中，最高者是离恨天。

费长房[1]，缩不尽相思地；
女娲氏，补不完离恨天。

1 费长房：东汉方士，传说其会缩地之功。

孤灯夜雨，空把青年误，楼外青山无数，隔不断新愁来路。

黄叶无风自落，秋云不雨长阴。
天若有情天亦老，摇摇[1]幽恨难禁。
惆怅旧人如梦，觉来无处追寻。

1 摇摇：心神不安的样子。

蛾眉[1]未赎,谩劳[2]桐叶寄相思;
潮信[3]难通,空向桃花寻往迹。

1 蛾眉:指美人。
2 谩劳:徒劳。
3 潮信:因潮水涨落有定时,故称为"潮信"。比喻男女的海誓山盟。这里指音信、消息。

野花艳目,不必牡丹;
村酒酣人,何须绿蚁[1]。

1 绿蚁:新酿的酒还未滤清时,酒面浮起酒渣,色微绿,细如蚁,称为"绿蚁"。后来代指新酿的酒。

琴罢辄举酒,酒罢辄吟诗。
三友递相引,循环无已时。

阮籍邻家少妇有美色,当垆沽酒[1],籍尝诣[2]饮,醉便卧其侧。

隔帘闻堕钗声,而不动念者,此人不痴则慧,我幸在不痴不慧中。

1 当垆沽酒:在酒店里卖酒。
2 诣:前往。

桃叶题情[1]，柳丝牵恨[2]。

胡天胡帝[3]，登徒[4]于焉怡目；

为云为雨，宋玉因而荡心。

1 桃叶题情：指晋朝王献之为爱妾桃叶题诗言情典事。
2 柳丝牵恨：比喻情人离愁别恨如柳丝绵绵。
3 胡天胡帝：形容女子美貌若天仙。
4 登徒：登徒子，古时形容好色而不辨美丑的人，出自宋玉《登徒子好色赋》。

轻泉刀[1]若土壤，居然翠袖之朱家[2]，

重然诺如邱山，不忝[3]红妆之季布[4]。

1 泉刀：泉与刀都是古代钱币，此处泛指钱财名利。
2 朱家：朱家与后文中的季布都是秦末汉初的侠士。
3 忝（tiǎn）：谦辞，表示辱没他人，自己有愧。
4 季布：秦末汉初人，为人重豪侠，一诺千金。

蝴蝶长悬孤枕梦，

凤凰不上断弦鸣。

吴妖小玉[1]飞作烟，越艳西施化为土。

[1] 吴妖小玉：传说春秋战国时期吴王夫差小女名，又名紫玉，才貌俱美，爱慕书生韩重，吴王不允婚，其郁结而死。后用来形容多情女子及早逝女子。

妙唱非关舌，多情岂在腰？

孤鸿翱翔以不去，浮云黯䨴[1]而荏苒。

[1] 黯䨴（duì）：云黑的样子。

楚王宫里，无不推其细腰；
魏国佳人，俱言讶其纤手[1]。

[1] 讶其纤手：惊讶于庄姜夫人的纤手。此处的"其"是指卫庄公的夫人庄姜，《诗经·卫风·硕人》中描写庄姜时说："手如柔荑，肤如凝脂，领如蝤蛴，齿如瓠犀，螓首蛾眉，巧笑倩兮，美目盼兮。"

传鼓瑟于杨家[1]，得吹箫于秦女[2]。

[1] 传鼓瑟于杨家：西汉杨恽与其妻感情很好，同善鼓瑟。后以鼓瑟比喻夫妻感情融洽。
[2] 得吹箫于秦女：此借用萧史、弄玉的典故。

春草碧色,春水渌波,
送君南浦[1],伤如之何?

1 南浦:指南边的水滨,古人常在南浦送别亲友,后来常用其代指送别之地。

玉树以珊瑚作枝,珠帘以玳瑁为押[1]。

1 珠帘以玳瑁为押(xiá):玳瑁在古代被视为珍贵的装饰品。押,帘额,置于帘的上端以镇帘。

东邻[1]巧笑,来侍寝于更衣[2];西子微颦,将横陈于甲帐[3]。

1 东邻:指美女。
2 侍寝于更衣:据《汉书·外戚传》记载,卫子夫因服侍汉武帝更衣得幸。
3 甲帐:华美的帷帐。

骋纤腰于结风[1],奏新声于度曲。

妆鸣蝉[2]之薄鬓,照堕马之垂鬟。

金星[3]与婺女[4]争华,麝月[5]共嫦娥竞爽。

惊鸾冶袖[6],时飘韩掾[7]之香;

飞燕长裾[8],宜结陈王之佩[9]。

轻身无力,怯南阳之捣衣[10];

生长深宫,笑扶风之织锦[11]。

1 结风:古舞曲名。

2 鸣蝉:鸣蝉与后文中的堕马皆是古代妇女的鬓发样式。

3 金星:古称长庚、启明、太白,或太白金星。

4 婺女:星宿名,即女宿,又名须女、务女,二十八星宿之一。

5 麝月:月亮。

6 惊鸾冶袖:惊鸾,形容舞姿轻盈美妙。冶袖,华丽的长袖。

7 韩掾:指韩寿,西晋时期官员,美姿貌,善容止。传说韩寿去上司贾充的府上议事,贾充的小女儿贾午对他一见钟情,从父亲那儿偷来一种西域奇香赠与他。后用韩寿偷香,比喻男女暗中通情。

8 飞燕长裾:古代妇女的华美上衣以燕尾为饰,上衣与燕尾一起动,犹如飞燕。裾,衣服的前后襟。

9 陈王之佩:陈王指曹植,其所著的《洛神赋》中曾描写遇到洛水神女后,他"解玉佩以要之"。

10 南阳之捣衣:北宋著名文学家庾信,南阳人,有《夜听捣衣诗》:"秋夜捣衣声,飞度长门城。"

11 扶风之织锦:指织锦回文的典故。苏蕙是晋朝秦州刺史窦涛之妻,据《晋书·列女传》记载:"(窦涛)被徙流沙,苏氏思之,织锦为回文璇图诗以赠涛。宛转循环以读之,词甚凄婉。"

青牛帐[1]里，余曲既终；
朱鸟窗[2]前，新妆已竟。

1 青牛帐：青牛古为三煞神之一，帐上画青牛有辟邪的作用。
2 朱鸟窗：朝南的窗户。

山河绵邈，粉黛若新。
椒华承彩，竟虚待月之帘；
夸骨埋香，谁作双鸾之雾？[1]

1 出自明代袁宏道《灵岩记》，是游历灵岩山春秋吴国遗址名胜，览石上西施履迹及吴王与西施泛舟之所而发思古之幽情，兴昔时亡国之叹语。"椒华承彩"四句，典出《拾遗记·周灵王》："越又有美女二人，一名夷光，二名修明（西施、郑旦之别名），以贡于吴。吴处以椒华之房，贯细珠为帘幌，朝下以蔽景，夕卷以待月。二人当轩并坐，理镜靓妆于珠幌之内，窃窥者莫不动心惊魄，谓之神人。吴王妖惑忘政。""双鸾"，即灵岩之双鸾峰，代指西施和郑旦，语含双关。

蜀纸麝煤[1]添笔媚，越瓯犀液[2]发茶香。
风飘乱点更筹[3]转，拍[4]送繁弦曲破长[5]。

1 蜀纸麝煤：蜀纸，蜀地生产的纸，素负盛名。麝煤，古代研制墨的原料。
2 越瓯犀液：越瓯，越地的瓷器。犀液，桂花水。
3 更筹：古人夜晚报更用的计时竹签，代指时间。
4 拍：节拍。
5 长：夜长。

教移兰烬¹频羞影，自拭香汤更怕深。

初似染花²难抑按，终忧沃雪³不胜任。

岂知侍女帘帷外，剩取君王数饼金。

1 兰烬：蜡烛燃烧后凝结的余烬，形状似兰花的中心。
2 染花：指花被染污，即沾染不净之意。
3 沃雪：用热水浇白雪，此处比喻洗浴的女子肌肤白皙娇嫩如雪一般，怕不胜热水。

静中楼阁深春雨，远处帘栊半夜灯。

绿屏无睡秋分簟[1]，红叶[2]伤时月午[3]楼。

1 簟：竹席。
2 红叶：指红叶题诗的典故。唐朝年间，后宫的宫女人数众多，而身处行宫的大多数宫女，一生都要被困在深宫之中。相传彼时无数的上阳宫女题诗红叶，抛于宫中流水寄怀幽情。
3 月午：半夜。

但觉夜深花有露，不知人静月当楼。

何郎烛暗[1]谁能咏？韩寿香熏亦任偷。

1 何郎烛暗：南朝诗人何逊，以文学闻名，为当时名流所称道。所著《临行与故游夜别》："夜雨滴空阶，晓灯暗离室。"后人用"何郎烛暗"写离别之情。

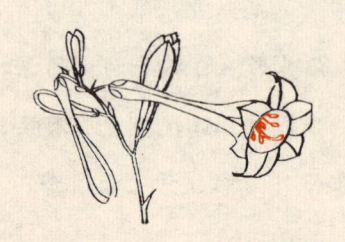

阆苑[1]有书多附鹤,女床[2]无树不栖鸾。
星沉海底当窗见,雨过河源[3]隔座看。

1 阆苑:阆风之苑,传说中仙人的住处,因此多有仙鹤栖居。
2 女床:出自《山海经·西山经》:"女床有山,有鸟焉,其状如翟,五彩文,名曰鸾鸟。"
3 河源:黄河之源,此处代指天河。传说张骞为寻找河源,曾乘船直至天河,遇牵牛、织女。

风阶拾叶,山人茶灶劳薪;
月径聚花,素士吟坛绮席。

当场笑语,尽如形骸外之好人;
背地风波,谁是意气中之烈士[1]。

1 烈士:坚贞不屈的刚烈之士。

山翠扑帘,卷不起青葱一片;
树阴流径,扫不开芳影几层。

珠帘蔽月,翻窥窈窕之花;
绮幔藏云,恐碍扶疏[1]之柳。

[1] 扶疏:草木枝叶茂盛,这里形容女子身材曼妙。

幽堂昼深,清风忽来好伴;
虚窗夜朗,明月不减故人。

多恨赋花,风瓣乱侵笔墨;
含情问柳,雨丝牵惹衣裾。

亭前杨柳,送尽到处游人;
山下蘼芜[1],知是何时归路。

[1] 蘼芜:一种香草,古人认为蘼芜可以使妇人多子,古诗中蘼芜一词多与夫妻分离或者闺怨有关。

天涯浩渺,风飘四海之魂;
尘土流离,灰染半生之劫。

蝶憩香风,尚多芳梦;

鸟沾红雨,不任娇啼。

幽情化而石立[1],怨风结而冢青[2];

千古空闺之感,顿令薄倖惊魂。

1 幽情化而石立:这里借用了望夫石的典故。南朝刘义庆《幽明录》中记载,传说武昌北山的望夫石,是一位贞妇站在此处望夫归来,化作了石头。

2 怨风结而冢青:汉代王昭君出塞和亲,死后葬在黑河岸。北地草皆白,唯独昭君墓上草青,称为"青冢"。

一片秋山,能疗病容;

半声春鸟[1],偏唤愁人。

1 半声春鸟:不连贯的鸟鸣声。

李太白酒圣,蔡文姬[1]书仙,置之一时,绝妙佳偶。

1 蔡文姬:名琰,字文姬,东汉末年女性文学家,文学家蔡邕之女,博学多才,擅长文学、音乐、书法。

华堂今日绮筵[1]开,谁唤分司[2]御史来。

忽发狂言惊满座,两行红粉[3]一时回。

1 绮筵:丰盛的酒宴。
2 分司:分管,掌管。
3 两行红粉:指排列在两侧的侍女。

缘之所寄,一往而深。

故人恩重,来燕子于雕梁;

逸士情深,托凫雏于春水。

好梦难通,吹散巫山云气;

仙缘未合,空探游女[1]珠光。

1 游女:传说中汉水的一位女神。指西汉刘向《列仙传》中记载的郑交甫遇到汉水游女的故事。

桃花水泛,晓妆宫里腻胭脂;

杨柳风多,堕马结中摇翡翠。

对妆则色殊,比兰则香越。

泛明彩于宵波,飞澄华于晓月。

纷弱叶而凝照，竞新藻而抽英[1]。

1 抽英：绽开花朵。

手巾还欲燥[1]，愁眉即使开。

逆想行人至，迎前含笑来。

1 燥：干燥。

逶迤[1]洞房[2]，半入宵梦；窈窕[3]闲馆，方增客愁。

1 逶迤：弯弯曲曲的。
2 洞房：深邃的屋室，多指卧室、闺房。
3 窈窕：此处指宫室深远的样子。

悬媚子[1]于搔头[2]，拭钗梁于粉絮。

1 媚子：首饰名。
2 搔头：簪子的别称，古代称簪子为玉搔头。

临风弄笛，栏杆上桂影[1]一轮；

扫雪烹茶，篱落边梅花数点。

1 桂影：指月影。

银烛轻弹，红妆笑倚，人堪惜情更堪惜；

困雨花心，垂阴柳耳[1]，客堪怜春亦堪怜。

1 柳耳：生于柳树上的木耳。

肝胆谁怜？形影自为管、鲍[1]；

唇齿相济，天涯孰是穷交[2]？

兴言及此，辄欲再广绝交之论，重作署门之句[3]。

1 管、鲍：指管仲和鲍叔牙，喻指情谊深厚的朋友。
2 穷交：指患难之交。
3 署门之句：《史记·汲郑列传》："始翟公为廷尉，宾客阗门。及废，门外可设雀罗。翟公复为廷尉，宾客欲往，翟公乃大署其门曰：'一死一生，乃知交情。一贫一富，乃知交态。一贵一贱，交情乃见。'"

燕市之醉泣[1],楚帐之悲歌[2],

歧路之涕零[3],穷途之恸哭[4]。

每一追念及此,虽在千载以后,亦感慨而兴嗟。

[1] 燕市之醉泣:荆轲与高渐离在燕市上醉后相对哭泣。《史记》记载荆轲与高渐离在燕国国都饮酒,"高渐离击筑,荆轲和而歌于市中,相乐也,已而相泣,旁若无人。"
[2] 楚帐之悲歌:指项羽在垓下被围,四面楚歌。
[3] 歧路之涕零:《淮南子》记载,"杨子见歧路而哭之,为其可以南可以北"。
[4] 穷途之恸哭:相传阮籍经常独自驾车出游,走到没有路的地方,便大哭而归。

陌[1]上繁华,两岸春风轻柳絮;

闺中寂寞,一窗夜雨瘦梨花。

芳草归迟,青骢别易[2],多情成恋,薄命何嗟?

要亦人各有心,非关女德善怨。

[1] 陌:乡间小路。
[2] 青骢别易:青骢,青白色的马,此处代指骑在青白色马上的情郎。别易,轻易地离别了。

山水花月之际，看美人更觉多韵。
非美人借韵于山水花月也，山水花月直借美人生韵耳。

深花枝，浅花枝，深浅花枝相间时，花枝难似伊。
巫山高，巫山低，暮雨潇潇郎不归，空房独守时。

青娥[1]皓齿别吴倡[2]，梅粉妆[3]成半额黄[4]；
罗屏绣幔围寒玉[5]，帐里吹笙学凤凰[6]。

1 青娥：年轻美丽的女子。
2 倡：古指歌舞艺人。
3 梅粉妆：古代女子的一种妆容，在额头上画梅花。
4 额黄：六朝时，妇女以在额头上涂饰黄色为美。
5 寒玉：本指玉石，此处指容貌清俊。
6 凤凰：此处指古乐中的《凤凰》。

初弹如珠后如缕，一声两声落花雨。
诉尽平生云水心[1]，尽是春花秋月语。

1 云水心：起伏不定的心情。云水，这两种物体无形无态，总是飘流不定。

春娇[1]满眼睡红绡[2]，掠削云鬟旋妆束，
飞上九天歌一声，二十五郎[3]吹管逐。

1 春娇：形容女子的娇艳之态。
2 红绡：红色的薄绸。
3 二十五郎：邠王李承宁善吹笛，排行二十五。

琵琶新曲，无待石崇[1]；
箜篌杂引，非因曹植。

1 石崇：字季伦，西晋时期大臣、文学家、富豪，作《王昭君辞》。

休文腰瘦[1]，羞惊罗带之频宽；
贾女[2]容销，懒照蛾眉之常锁。

1 休文腰瘦：南朝梁沈约，字休文，传说他经常生病，腰瘦。后来用腰瘦形容人的憔悴。
2 贾女：晋代贾充之女贾午，晋惠帝皇后贾南风之妹。

琉璃砚匣，终日随身；翡翠笔床[1]，无时离手。

1 笔床：卧置毛笔的器具。

清文满箧,非惟芍药之花;

新制连篇,宁止葡萄之树。

西蜀豪家,托情穷于鲁殿[1];

东台甲馆[2],流咏止于洞箫。

1 鲁殿:即鲁灵光殿,汉代著名宫殿,在曲阜。王延寿曾为此作《鲁灵光殿赋》。
2 东台甲馆:东台,唐代官署的名称。甲馆,比较高级的馆舍。

醉把杯酒,可以吞江南吴越之清风;

拂剑长啸,可以吸燕赵秦陇之劲气。

林花翻洒,乍飘飏[1]于兰皋[2];

山禽啭[3]响,时弄声于乔木。

1 飏:飞扬,飘扬。
2 兰皋:长兰草的涯岸。
3 啭(zhuàn):鸟儿婉转地叫。

长将姊妹丛中避,多爱湖山僻处行。

未知枕上曾逢女,可认眉尖与画郎。

苹风[1]未冷催鸳别,沉檀合子[2]留双结[3];
千缕愁丝只数围,一片香痕才半节。

1 苹风:苹,苹草,浮于水面的水草。苹风指掠过苹草的风,即拂过水面的微风。
2 沉檀合子:装有沉香和檀木的盒子。
3 双结:同心结。

那忍重看娃鬓绿[1],终期一遇客衫黄[2]。

1 娃鬓绿:娃,即李娃,长安名妓,据白行简的《李娃传》记载,李娃曾伙同鸨母欺骗荥阳生,后悔悟,最终帮他考中进士,自己也被封为夫人,夫荣妻贵。鬓绿,表示青春年少。
2 客衫黄:唐传奇《霍小玉传》中的黄衫客。

金钱赐侍儿,暗嘱教休话。

薄雾几层推月出,好山无数渡江来;
轮将秋动虫先觉,换得更深鸟越催。

花飞帘外凭笺讯,雨到窗前滴梦寒。

樯标[1]远汉,昔时鲁氏之戈[2];

帆影寒沙,此夜姜家之被[3]。

1 樯标:船上的桅杆标志。这里指军中的旌旗。后文的孤帆也有此意。
2 鲁氏之戈:比喻时光倒流,力挽狂澜。典故出自《淮南子·览冥训》:"鲁阳公与韩构难,战酣日暮,援戈而挥之,日为之反三舍。"
3 姜家之被:典故出自《后汉书·姜肱传》:"肱与二弟仲海、季江,俱以孝行著闻,其友爱天至,常共卧起,及各娶妻,兄弟相恋,不能别寝,以系嗣当立,乃递往就室。"后以"姜被"比喻兄弟或兄弟之情。

填愁不满吴娃井[1],剪纸空题蜀女祠[2]。

1 吴娃井:即吴王井。袁宏道《灵岩记》:"灵岩一名砚石,《越绝书》云:'吴人于砚石山作馆娃官',即其处也。山腰有吴王井。"这里有西施等美女当年所遗踪迹。
2 剪纸空题蜀女祠:化用前文"蜀女之飘梧"的典故。

良缘易合，红叶亦可为媒；

知己难投，白璧[1]未能获主。

1 白璧：平圆形而中有孔的白玉，此处指和氏璧。卞和得到美玉，先后进献给厉王、武王，不仅没有得到重用，反而以欺骗之罪被截去双脚。

填平湘岸都栽竹[1]，截住巫山不放云[2]。

1 填平湘岸都栽竹：这里借用了舜帝与娥皇女英的典故。传说舜死于南方巡视途中，娥皇女英二妃抱竹痛哭，泪染青竹，泪尽而死。
2 截住巫山不放云：借用楚襄王和巫山之女的典故。见卷一"巫女之云"条。

鸭为怜香死，鸳因泥睡痴。

红印山痕春色微，珊瑚枕上见花飞。

烟鬟潦乱香云湿，疑向襄王梦里归。

零乱如珠为点妆，素辉乘月湿衣裳。

只愁天酒倾如斗，醉却环姿傍玉床。

有瑰落红叶，无骨锁青鬟[1]。

1 青鬟：乌黑的发鬟，此处代指年轻女子的青春。

书题蜀纸愁难浣，雨歇巴山话亦陈。

盈盈[1]相隔愁追随，谁为解语[2]来香帷？

1 盈盈：水清澈的样子。
2 解语：解语花，古人常用此来喻指美人。

斜看两鬟垂，
伊似行云嫁。

欲与梅花斗宝妆，先开娇艳逼寒香。

只愁冰骨藏珠屋，不似红衣待玉郎。

从教弄酒春衫浣[1]，别有风流上眼波。

1 浣：弄脏。

听风声以兴思[1]，闻鹤唳以动怀[2]。

企庄生之逍遥，慕尚子[3]之清旷。

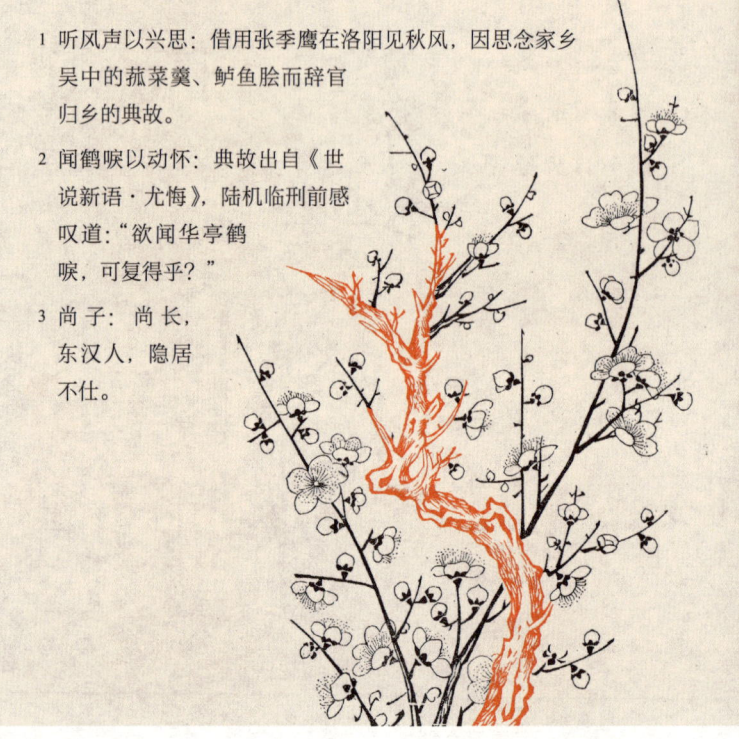

1 听风声以兴思：借用张季鹰在洛阳见秋风，因思念家乡吴中的菰菜羹、鲈鱼脍而辞官归乡的典故。
2 闻鹤唳以动怀：典故出自《世说新语·尤悔》，陆机临刑前感叹道："欲闻华亭鹤唳，可复得乎？"
3 尚子：尚长，东汉人，隐居不仕。

灯结细花成穗落,泪题愁字带痕红。

无端饮却相思水,不信相思想煞人。

渔舟唱晚,响穷彭蠡[1]之滨;
雁阵惊寒,声断衡阳之浦。

[1] 彭蠡:即鄱阳湖。

爽籁发而清风生,纤歌凝而白云遏。

杏子轻衫初脱暖,梨花深院自多风。

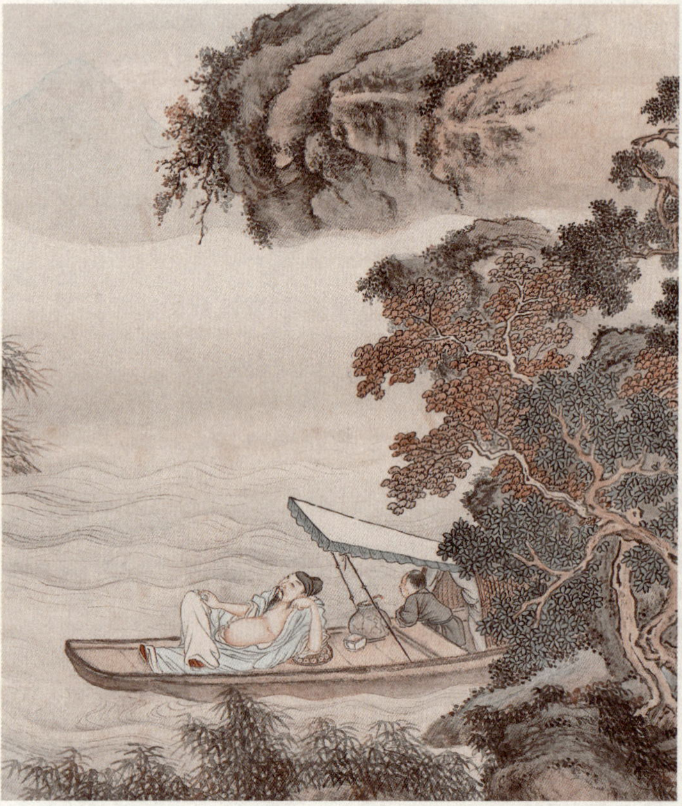

卷叁 集峭

今天下皆妇人矣！封疆缩其地，而中庭之歌舞犹喧；战血枯其人，而满座之貂蝉自若。我辈书生，既无诛贼讨乱之柄，而一片报国之忱，惟于寸楮①尺只字间见之；使天下之须眉而妇人者，亦耸然有起色。集峭第三。

① 楮：纸的代称。

忠孝，吾家之宝；
经史，吾家之田。

闲到白头真是拙，醉逢青眼不知狂。

兴之所到，不妨呕出惊人；
心故不然，也须随场作戏。

放得俗人心下，方可为丈夫。
放得丈夫心下，方名为仙佛。
放得仙佛心下，方名为得道。

吟诗劣于讲学，骂座[1]恶于足恭。
两而揆[2]之，宁为薄行狂夫，不作厚颜君子。

1 骂座：漫骂同席的人。
2 揆（kuí）：估量。

观人题壁，便识文章。

宁为真士夫，不为假道学。

宁为兰摧玉折，不作萧敷艾荣[1]。

1 萧敷艾荣：比喻才能低下、品行卑劣的人一时得势。萧、艾，即艾蒿、蒿草；敷、荣，指蒿草长得很茂盛。

随口利牙，不顾天荒地老；

翻肠倒肚，那管鬼哭神愁？

身世浮名，余以梦蝶视之，断不受肉眼相看。

达人撒手悬崖，俗子沉身苦海。

销骨口中[1]，生出莲花九品[2]；

铄金舌上，容他鹦鹉千言。

1 销骨口中：出自"众人铄金，积毁销骨"。众口诽谤可以销人骨骼，比喻谗言毁人。
2 莲花九品：佛家用语，指极乐境界。

少言语以当贵，多著述以当富，

载清名以当车，咀英华[1]以当肉。

1 英华：文章的精华。

竹外窥鸟，树外窥山，峰外窥云，难道[1]我有意无意；

鸟来窥人，月来窥酒，雪来窥书，却看他有情无情。

1 难道：难以说明。

体裁如何，出月隐山[1]；情景如何，落日映屿；

气魄如何，收露敛色[2]；议论如何，回飙拂渚[3]。

1 出月隐山：显露出来的月亮和隐去的青山。
2 收露敛色：蒸发的露水和色彩的凝练。
3 回飙拂渚：回飙，回旋的狂风。渚，水中的小洲。

有大通必有大塞，无奇遇必无奇穷。

雾满杨溪，玄豹[1]山间偕日月；
云飞翰苑[2]，紫龙天外借风雷。

1 玄豹：比喻隐居的人。
2 翰苑：文苑，文翰荟萃之处。

西山霁[1]雪，东岳含烟；
驾凤桥以高飞，登雁塔[2]而远眺。

1 霁：雨后或雪后转晴。
2 雁塔：即大雁塔。

一失脚[1]为千古恨，再回头是百年人。

1 一失脚：一时不小心犯下错误。

居轩冕[1]之中，不可无山林的气味；
处林泉之下，常怀廊庙的经纶。

1 轩冕：古代大夫以上官员的车乘和冕服。这里指达官显贵。

学者有段兢业的心思，又要有段潇洒的趣味。

平民种德施惠,是无位之公卿;
仕夫贪财好货,乃有爵的乞丐。

烦恼场空,身住清凉世界;
营求念绝,心归自在乾坤。

觑破[1]兴衰究竟,人我得失冰消;
阅尽寂寞繁华,豪杰心肠灰冷。

1 觑破:看破。

名衲[1]谈禅,必执经升座,便减三分禅理。

1 衲:僧衣,代指僧人。

穷通之境未遭,主持之局已定;
老病之势未催,生死之关先破。
求之今世,谁堪语此?

一纸八行[1],不过寒温之句;
鱼腹雁足[2],空有往来之烦。
是以嵇康不作,严光口传,
豫章掷之水中,陈泰挂之壁上。

1 一纸八行:旧时纸笺,大多一页写八行。
2 鱼腹雁足:指书信,古人有借鱼腹、雁足传信的说法。

枝头秋叶,将落犹然恋树;
檐前野鸟,除死方得离笼。
人之处世,可怜如此。

士人有百折不回之真心,才有万变不穷之妙用。

立业建功,事事要从实地着脚,若少[1]慕声闻,便成伪果;
讲道修德,念念要从虚处立基,若稍计功效,便落尘情。

1 少:微,稍稍。

执拗者福轻，而圆融之人其禄必厚；

操切¹者寿夭，而宽厚之士其年必长；

故君子不言命，养性即所以立命；

亦不言天，尽人自可以回天。

1 操切：指办事过于急躁。

才智英敏者，宜以学问摄其躁；

气节激昂者，当以德性融其偏。

苍蝇附骥¹，捷则捷矣，难辞处后之羞；

茑萝²依松，高则高矣，未免仰攀之耻。

所以君子宁以风霜³自挟，毋为鱼鸟亲人。

1 苍蝇附骥：蚊蝇攀附于马尾之上，便可行千里。这里比喻依附先辈或名人而出名。
2 茑萝：茑指桑寄生，萝指菟丝子，都是寄生在松柏上的植物。
3 风霜：比喻高洁坚贞的节操。

伺察¹以为明者，常因明而生暗，故君子以恬养智；

奋迅以求速者，多因速而致迟，故君子以重持轻。

1 伺察：暗中观察。

有面前之誉易，无背后之毁难；
有乍交之欢易，无久处之厌难。

宇宙内事，要力担当，又要善摆脱。
不担当，则无经世之事业，
不摆脱，则无出世之襟期[1]。

1 襟期：襟怀。

待人而留有余不尽之恩，可以维系无厌之人心；
御事而留有余不尽之智，可以提防不测之事变。

无事如有事时提防，可以弭[1]意外之变；
有事如无事时镇定，可以销局中之危。

1 弭：平息，停止。

爱是万缘之根，当知割舍；
识是众欲之本，要力扫除。

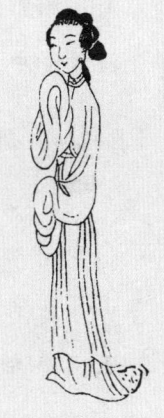

舌存，常见齿亡，刚强终不胜柔弱；
户朽，未闻枢¹蠹，偏执岂及乎圆融。

1 枢：门轴。

荣宠旁边辱等待，不必扬扬；
困穷背后福跟随，何须戚戚？
看破有尽身躯，万境之尘缘自息；
悟入无怀境界，一轮之心月独明。

霜天闻鹤唳，雪夜听鸡鸣，得乾坤清绝之气；
晴空看鸟飞，活水观鱼戏，识宇宙活泼之机。

斜阳树下，闲随老衲清谈；
深雪堂中，戏与骚人¹白战²。

1 骚人：泛指忧愁失意的文人。
2 白战：徒手作战，此处指作诗时禁用某些常用的字。

山月江烟，铁笛数声，便成清赏；
天风海涛，扁舟一叶，大是奇观。

秋风闭户，夜雨挑灯，卧读《离骚》泪下；
霁日寻芳，春宵载酒，闲歌《乐府》神怡。

云水中载酒，松篁[1]里煎茶，岂必銮坡[2]侍宴；
山林下著书，花鸟间得句，何须凤沼[3]挥毫。

1 松篁：松与竹。
2 銮坡：唐德宗时，曾将学士院设置于金銮殿旁的金銮坡上，后"銮坡"便成了翰林院的别称。
3 凤沼：即凤凰池。魏晋南北朝时设中书省于禁苑，故中书省也被称作"凤凰池""凤沼"。

人生不好古，象鼎牺樽[1]，变为瓦缶；
世道不怜才，凤毛麟角，化作灰尘。

1 象鼎牺樽：以象纹装饰的鼎和牺牛形状的酒樽。牺，牺牛，古代祭祀用的纯色牛。

要做男子，须负刚肠；
欲学古人，当坚苦志。

风尘善病，伏枕处一片青山；

岁月长吟，操觚[1]时千篇《白雪》。

1 操觚：指写诗行文。

亲兄弟折箸[1]，壁合[2]翻作瓜分；

士大夫爱钱，书香化为铜臭。

1 折箸：分家。箸，筷子。
2 壁合：美玉合在一起。

心为形役，尘世马牛；身被名牵，樊笼鸡鹜[1]。

1 鹜：鸭子。

懒见俗人,权辞托病;
怕逢尘事,诡迹逃禅。

人不通古今,襟裾马牛;
士不晓廉耻,衣冠狗彘[1]。

1 彘:猪。

道院吹笙,松风袅袅;
空门洗钵[1],花雨纷纷[2]。

1 空门洗钵:空门,佛门。洗钵,僧人用膳后清洗钵盂,此处指传经受法。
2 花雨纷纷:形容说法之动听感人。佛教传说中,佛祖说法,感动天神,天雨各色香花,于空中缤纷乱舞。

囊无阿堵物[1],岂便求人;
盘有水晶[2],犹堪留客。

1 阿堵物:钱财。"阿堵"是六朝口语,类似于"这个"一词。
2 水晶:虾的别称。

种两倾负郭田[1]，量晴校雨；

寻几个知心友，弄月嘲风。

1 负郭田：近郊良田。

着屐登山，翠微中独逢老衲；

乘桴[1]浮海，雪浪里群傍闲鸥。

1 桴：船。

才士不妨泛驾[1]，辕下驹[2]吾弗愿也；

诤臣[3]岂合模棱，殿上虎[4]君无尤焉。

1 泛驾：翻车，指不受拘束。
2 辕下驹：车辕下套着的小马驹。在此指持一种观望态度，畏缩以求自保的人。
3 诤臣：能直言规劝国君缺失的臣子。
4 殿上虎：宋朝大臣刘安世，以直谏闻名，时人称为"殿上虎"。这里代指敢于直言进谏的人。

荷钱榆荚[1]，飞来都作青蚨[2]；

柔玉温香，观想可成白骨。

1 荷钱榆荚：荷钱，刚长出来的很小的荷叶。榆荚，榆树的种子，形状与古代串起的麻钱儿相似。
2 青蚨：传说中的一种虫子，古代用作铜钱的别名。

旅馆题蕉，一路留来魂梦谱；
客途惊雁，半天寄落别离书。

歌儿带烟霞之致，舞女具丘壑之资；
生成世外风姿，不惯尘中物色。

今古文章，只在苏东坡鼻端定优劣；
一时人品，却从阮嗣宗[1]眼内别雌黄。

1 阮嗣宗：阮籍，字嗣宗，三国时期魏国诗人，"竹林七贤"之一。

魑魅[1]满前，笑着阮家《无鬼论》[2]；
炎嚣闯世，愁披刘氏《北风图》[3]。
气夺山川，色结烟霞。

1 魑魅：代指阴险狡诈之徒。
2 阮家《无鬼论》：传说晋永嘉年间，太子舍人阮瞻一向主张无鬼论，与一位善辩之人谈论命理时言及鬼神，论争很久，依然没有被说服，善辩之人于是说："鬼神，古今圣贤所共传，君何得独言无！即仆便是鬼。"于是就变为异形消失了。
3 刘氏《北风图》：刘氏即东汉人刘褒，著名画家，据传《北风图》是其所画，观之则使人发冷。

诗思在灞陵桥上，微吟处，林岫便已浩然；
野趣在镜湖曲边，独往时，山川自相映发。

至音不合众听，故伯牙绝弦；
至宝不同众好，故卞和泣玉[1]。

1 卞和泣玉：化用卞和献和氏璧不得重用反被截去双脚的典故。

看文字，须如猛将用兵，直是鏖战[1]一阵；
亦如酷吏治狱，直是推勘到底，决不恕他。

1 鏖战：激烈的战斗、苦战。

名山乏侣,不解壁上芒鞋[1];

好景无诗,虚携囊中锦字[2]。

[1] 芒鞋:草鞋。
[2] 囊中锦字:借用李贺的典故,李贺常常骑驴外出,带着锦囊,途中想到佳句便写下投入囊中。

辽水无极,雁山参云;

闺中风暖,陌上草薰。

秋露如珠,秋月如珪[1];

明月白露,光阴往来[2];

与子之别,思心徘徊。

[1] 珪:帝王诸侯在朝会、典礼时所执的玉板,长形,上圆或尖,下方,表示信符。人们常用"珪月"代指未圆的秋月。
[2] 明月白露,光阴往来:此写月光与露珠交相辉映、乍明乍暗的情景。光,亮。阴,暗。

声应气求[1]之夫,决不在于寻行数墨[2]之士;

风行水上之文,决不在于一字一句之奇。

[1] 声应气求:志趣相投。
[2] 寻行数墨:寻行,一行行地读。数墨,一字字地读。

借他人之酒杯，浇自己之块垒[1]。

1 块垒：本义是石块，此处比喻心中郁结的愁闷或气愤。

春至不知湘水深，日暮忘却巴陵道。

奇曲雅乐，所以禁淫也；锦绣黼黻[1]，所以御暴也。缛[2]则太过，是以檀卿刺郑声[3]，周人伤北里[4]。

1 黼黻（fǔ fú）：泛指衣服上所绣的华美花纹。黑白相间的"斧"形花纹为"黼"，黑青相间的"业"形花纹为"黻"。
2 缛：繁多，繁重。
3 檀卿刺郑声：檀卿，春秋时期鲁国人。郑声，原指郑国的音乐，因与孔子等提倡的雅乐不同，故受儒家排斥。此后，凡与雅乐相悖的音乐，甚至一般的民间音乐，均为崇"雅"黜"俗"者斥为"郑声"。
4 北里：古代的一种舞曲名，该曲委靡粗俗，多用于贬义。

静若清夜之列宿[1]，动若流彗之互奔。

1 列宿：众星宿。

振骏气以摆雷，飞雄光以倒电。

停之如栖鹄,挥之如惊鸿;

飘缨緌[1]于轩幌,发晖曜[2]于群龙。

1 缨緌(ruí):本指冠上的饰物,在此指旗帜上的饰物。
2 晖曜:明亮的光芒。

始缘甍[1]而冒栋,终开帘而入隙;

初便娟[2]于墀庑[3],末萦盈于帷席。

1 甍(méng):屋脊。
2 便娟:轻盈美好的样子。
3 墀庑(chí wǔ):庭院。墀,台阶前的空地,也指台阶。庑,正房对面和两侧的屋子。

云气荫于丛蓍[1],金精[2]养于秋菊;

落叶半床,狂花满屋。

1 丛蓍:成片的蓍草。蓍,占卜用的草。
2 金精:道教传说中的一种仙药。

雨送添砚之水,竹供扫榻之风。

血三年而藏碧[1]，魂一变而成红[2]。

1 血三年而藏碧：化用《庄子·外物》中的句子："故伍员流于江，苌弘死于蜀。藏其血，三年化而为碧。"伍员、苌弘都是当时的忠义之臣。
2 魂一变而成红：相传战国时期蜀王杜宇称帝，建号望帝，之后退位隐居于西山，死后化为杜鹃。每年暮春时分就会鸣叫，声音十分悲戚，一直到嘴角都流血了还不停止。

举黄花而乘月艳，笼黛叶而卷云翘[1]。

1 云翘：像云朵一样高高耸起的发髻。

垂纶[1]帘外，疑钩势之重悬；

透影窗中，若镜光之开照。

1 垂纶：垂钓。

叠轻蕊而矜暖，布重泥而评湿；

迹似连珠，形如聚粒。

霄光分晓，出虚窦[1]以双飞；

微阴合瞑[2]，舞低檐而并入。

1 虚窦：虚掩的巢穴。
2 微阴合瞑：天色将要变得晦暗的时候，即夜晚即将到来的时候。

任他极有见识，看得假认不得真；
随你极有聪明，卖得巧藏不得拙。

伤心之事，即懦夫亦动怒发；
快心之举，虽愁人亦开笑颜。

论官府不如论帝王，以佐史臣之不逮[1]；
谈闺阃不如谈艳丽，以补风人[2]之见遗。

[1] 不逮：不及。
[2] 风人：古时采集民间歌谣以观民风的官员。

是技皆可成名天下，唯无技之人最苦；
片技即足自立天下，唯多技之人最劳。

傲骨、侠骨、媚骨，即枯骨可致千金；
冷语、隽语、韵语，即片语亦重九鼎。

议生草莽无轻重，论到家庭无是非。

圣贤不白之衷[1]，托之日月；

天地不平之气，托之风雷。

1 不白之衷：无法表白的心迹。

风流易荡，佯狂近颠。

书载茂先[1]三十乘，便可移家；

囊无子美一文钱[2]，尽堪结客。

1 茂先：即晋代文学家张华，历任中书令、尚书、司空等职，以"博物洽闻"著称于世。
2 囊无子美一文钱：化用杜甫的典故。唐代大诗人杜甫，字子美，虽然穷困潦倒，但始终关注国家民生之事，结交了很多诗人朋友，曾自作《空囊》诗有云："囊空恐羞涩，留得一钱看。"

有作用者，器宇定是不凡；

有受用者，才情决然不露。

夫人有短，所以见长。

松枝自是幽人笔，竹叶常浮野客杯。

且与少年饮美酒,往来射猎西山头。

瑶草[1]与芳兰而并茂,苍松齐古柏以增龄。

1 瑶草:传说中的仙草,泛指珍美的草。

好山当户[1]天呈画,古寺为邻僧报钟。

1 当户:正对门户。

群鸿戏海,野鹤游天。

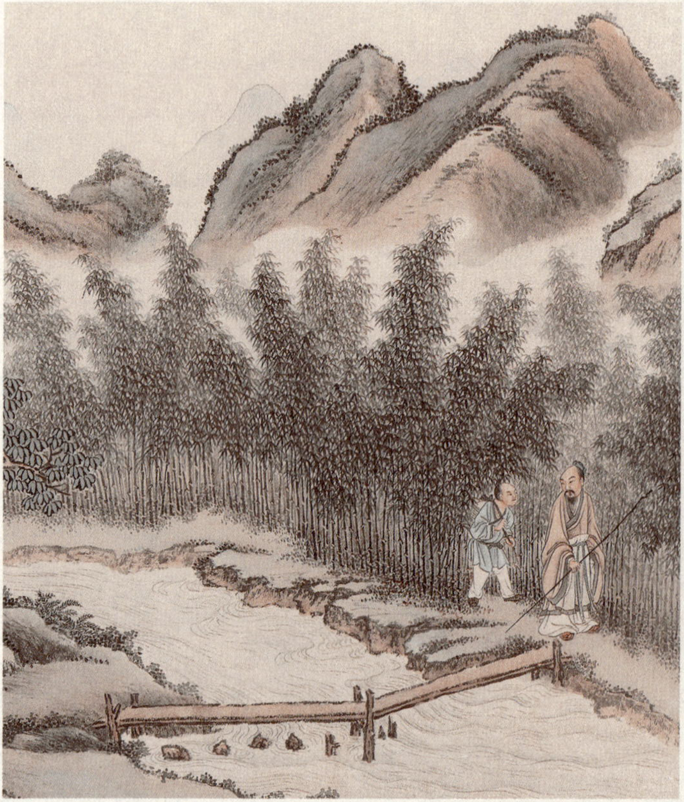

卷肆 集灵

天下有一言之微,而千古如新;一字之义,而百世如见者,安可泯灭之?故风雷雨露,天之灵;山川民物,地之灵;语言文字,人之灵。罤三才之用,无非一灵以神其间,而又何可泯灭之?集灵第四。

投刺[1]空劳，原非生计；
曳裾自屈，岂是交游？

[1] 投刺：古代礼节，投递名帖通报姓名以求相见。

事遇快意处当转，言遇快意处当住。

俭为贤德，不可着意求贤；
贫是美称，只是难居其美。

志要高华，趣要淡泊。

眼里无点灰尘，方可读书千卷；
胸中没些渣滓，才能处世一番。

眉上几分愁，且去观棋酌酒；
心中多少乐，只来种竹浇花。

茅屋竹窗，贫中之趣，何须脚到李侯[1]门？
草帖画谱，闲里所需，直凭心游扬子[2]宅。

1 李侯：指李膺，字元礼，东汉著名学者，政治家。
2 扬子：指西汉扬雄，字子云，少好学，博览群书，长于辞赋。

好香用以熏德，好纸用以垂世，好笔用以生花，
好墨用以焕彩，好茶用以涤烦，好酒用以消忧。

声色娱情，何若净几明窗[1]，一坐息顷[2]；
利荣驰念，何若名山胜景，一登临时。

1 净几明窗：干净的桌子和明亮的窗户。
2 息顷：一会儿，顷刻。

竹篱茅舍，石屋花轩；松柏群吟，藤萝翳景[1]；
流水绕户，飞泉挂檐；烟霞欲栖，林壑将暝[2]。
中处野叟山翁四五，余以闲身，作此中主人。
坐沉红烛，看遍青山，消我情肠，任他冷眼。

1 翳景：遮蔽日月的光辉。景，日光。
2 暝：晦暗。

问妇索酿,瓮有新篘[1];
呼童煮茶,门临好客。

[1] 篘(chōu):用竹子编成的滤酒器具,指代酒。

花前解佩,湖上停桡[1],弄月放歌,采莲高醉;
晴云微袅,渔笛沧浪,华句[2]一垂,江山共峙。

[1] 桡(ráo):船桨。
[2] 华句:华美的鱼钩。句,通"钩"。

胸中有灵丹一粒,方能点化俗情,摆脱世故。

独坐丹房,潇然无事,烹茶一壶,烧香一炷,看《达摩面壁图》。
垂帘少顷,不觉心静神清,气柔息定,濛濛然如混沌境界,意者揖达摩与之乘槎而见麻姑也。

无端妖冶,终成泉下骷髅;
有分功名,自是梦中蝴蝶。

累月独处，一室萧条；取云霞为侣伴，引青松为心知。或稚子老翁，闲中来过，浊酒一壶，蹲鸱[1]一盂，相共开笑口，所谈浮生闲话，绝不及市朝。客去关门，了无报谢，如是毕余生足矣。

[1] 蹲鸱（dūn chī）：大芋，一种食物。因状如蹲伏的鸱，故称。

半坞白云耕不尽，一潭明月钓无痕。

茅檐外，忽闻犬吠鸡鸣，恍似云中世界；
竹窗下，唯有蝉吟鹊噪，方知静里乾坤。

如今休去便休去，若觅了时无了时。若能行乐，即今便好快活。

身上无病，心上无事，春鸟是笙歌，春花是粉黛。

闲得一刻，即为一刻之乐，何必情欲乃为乐耶？

开眼便觉天地阔,挝鼓非狂[1];

林卧不知寒暑更,上床空算[2]。

1 挝(wō)鼓非狂:化用东汉祢衡裸身击鼓辱骂曹操的典故。挝,敲打。
2 上床空算:指功名利禄皆是空算。

惟俭可以助廉,惟恕可以成德。

山泽未必有异士,异士未必在山泽。

业净六根[1]成慧眼,身无一物到茅庵。

1 业净六根:六根不染。佛教将眼、耳、鼻、舌、身、意视为罪业的根源。

人生莫如[1]闲，太闲反生恶业；
人生莫如清，太清反类俗情。

1 莫如：没有比得上。

"不是一番寒彻骨，怎得梅花扑鼻香？"
念头稍缓时，便宜庄诵[1]一遍。

1 庄诵：严肃地吟诵。

梦以昨日为前身，可以今夕为来世。

读史要耐讹字，正如登山耐仄路，蹈雪耐危桥，
闲居耐俗汉，看花耐恶酒，此方得力。

世外交情，惟山而已。
须有大观眼[1]、济胜具[2]、久住缘，方许与之莫逆。

1 大观眼：洞察万物的慧眼。
2 济胜具：登临山川名胜的强健躯体。具，躯体。

九山散樵[1]，浪迹俗间，徜徉自肆。遇佳山水处，盘礴箕踞[2]，四顾无人，则划然长啸，声振林木。有客造榻与语，对曰："余方游华胥[3]，接羲皇，未暇理君语。"客之去留，萧然不以为意。

1 九山散樵：明代陆树声的自号。
2 盘礴箕踞（jī jù）：盘礴，箕踞而坐。箕踞，两脚张开，两膝微曲地坐着。一般来说，古人认为这样的姿势是不雅的，而此处则代表没有拘束地坐着。
3 华胥：据《列子》记载，黄帝曾经在梦中游览一个叫华胥的国家，那里一片太平，无为而治。后代指梦境或理想国。

择池纳凉，不若先除热恼；

执鞭求富[1]，何如急遣穷愁。

1 执鞭求富：《论语·述而》："富而可求也，虽执鞭之士，吾亦为之。如不可求，从吾所好。"如果能正当发财，那么即便是卑贱的差役也可以做。

万籁疏风清，两耳闻世语，急需敲玉磬[1]三声；

九天凉月净，初心诵其经，胜似撞金钟百下。

1 玉磬：佛寺中召集僧众所用法器的美称。

无事而忧,对景不乐,即自家亦不知是何缘故,这便是一座活地狱,更说甚么铜床铁柱、剑树刀山[1]也。

1 铜床铁柱、剑树刀山:佛教描绘的地狱中残酷的刑具。

烦恼之场,何种不有,以法眼照之,奚啻[1]蝎蹈空花?

1 奚啻(chì):只是,仅仅。

上高山,入深林,穷回溪,幽泉怪石,无远不到;到则披草而坐,倾壶而醉;醉则更相籍枕以卧,卧而梦。意有所及,梦亦同趣。

闭门阅佛书,开门接佳客,
出门寻山水,此人生三乐。

客散门扃[1]，风微日落，碧月皎皎当空，花阴徐徐满地；近檐鸟宿，远寺钟鸣，茶铛[2]初熟，酒瓮乍开。不成八韵新诗，毕竟一个俗气。

[1] 扃（jiōng）：从外面关闭门户用的门闩、门环等。此处指关门。
[2] 茶铛：煎茶用的釜。

不作风波于世上，自无冰炭到胸中。

秋月当天，纤云都净，露坐空阔去处，清光冷浸，此身如在水晶宫里，令人心胆澄澈。

遗子黄金满籯[1]，不如教子一经。

[1] 籯（yíng）：箱笼一类的竹器。

凡醉各有所宜。醉花宜昼，袭其光也；醉雪宜夜，清其思也；

醉得意宜唱，宣其和也；醉将离宜击钵，壮其神也；

醉文人宜谨节奏，畏其侮也；醉俊人宜益觥盂[1]加旗帜，助其烈也；

醉楼宜暑，资其清也；醉水宜秋，泛其爽也。

此皆审其宜，考其景，反此则失饮矣。

[1] 觥盂：酒器。

竹风一阵，飘扬茶灶疏烟；
梅月半湾，掩映书窗残雪。

厨冷分山翠，楼空入水烟。

闲疏滞叶通邻水，拟典荒居作小山。

聪明而修洁，上帝固录清虚；
文墨而贪残，冥官不受词赋。

破除烦恼,二更山寺木鱼声;

见澈性灵,一点云堂[1]优钵[2]影。

1 云堂:禅宗僧侣们坐禅修行之所。
2 优钵:梵语,泛指青莲花。

兴来醉倒落花前,天地即为衾枕;

机息[1]忘怀盘石上,古今尽属蜉蝣[2]。

1 机息:机心止息,忘却机心。
2 蜉蝣:一种生命非常短的昆虫,常用来形容人生短暂。

老树着花,更觉生机郁勃;

秋禽弄舌,转令幽兴潇疏。

完得心上之本来,方可言了心;

尽得世间之常道,才堪论出世。

雪后寻梅,霜前访菊,雨际护兰,风外听竹;

固野客之闲情,实文人之深趣。

结一草堂,南洞庭月,北峨眉雪,东泰岱松,西潇湘竹;中具晋高僧支法[1]八尺沉香床。浴罢温泉,投床鼾睡,以此避暑,讵不乐也?

1 支法:晋朝名僧支法虔,相传其有沉香床,居室内馨香满溢。

人有一字不识,而多诗意;一偈[1]不参,而多禅意;一勺不濡,而多酒意;一石不晓,而多画意。淡宕[2]故也。

1 偈:偈语,佛经中的唱词。多为四句组成,兼具文学的形式与内容,朗朗上口,尽管不是佛经的主要内容,也成为与佛经相提并论的典故。
2 淡宕:指散淡,悠闲自在。

以看世人青白眼转而看书,则圣贤之真见识;
以议论人雌黄口转而论史,则左、狐[1]之真是非。

1 左、狐:左丘明和董狐,两人皆为春秋时著名史官,记载史实秉笔直书,是难得一见的良史。

事到全美处,怨我者不能开指摘之端;
行到至污处,爱我者不能施掩护之法。

必出世者，方能入世，不则世缘易堕；

必入世者，方能出世，不则空趣难持。

调性之法，急则佩韦[1]，缓则佩弦[2]；

谐情之法，水则从舟，陆则从车。

1 佩韦：佩带韦皮。韦皮柔韧性强，性急者佩之，可以自我告诫。韦，去毛加工而成的柔皮。
2 佩弦：佩带弓弦。弓弦常紧绷，故性缓者佩以自警。

才人之行多放，当以正敛之；

正人之行多板，当以趣通之。

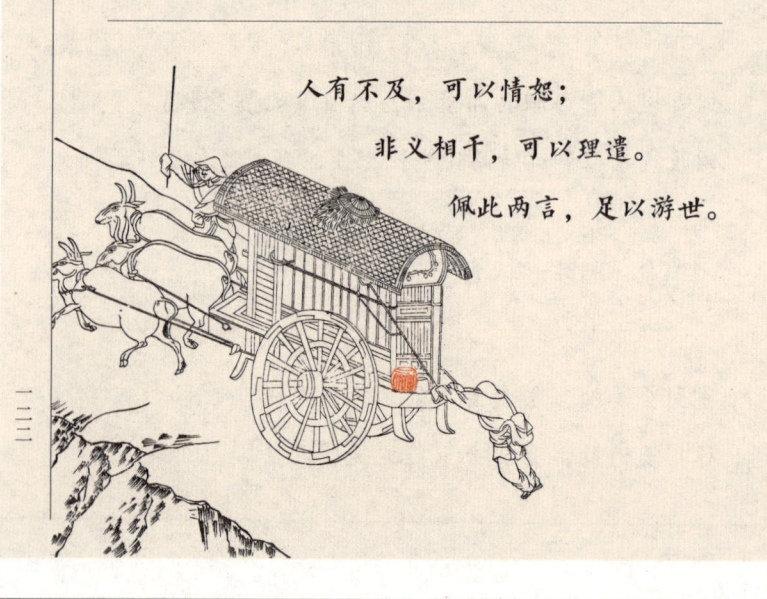

人有不及，可以情恕；

　　非义相干，可以理遣。

　　　　佩此两言，足以游世。

冬起欲迟，夏起欲早；春睡欲足，午睡欲少。

无事当学白乐天[1]之嗒然[2]，

有客宜仿李建勋之击磬[3]。

1 白乐天：白居易。
2 嗒然：物我两忘的心境。
3 李建勋之击磬：李建勋，唐末五代时期人，《玉壶清话》记载他有一玉磬，用沉香节为其安柄，敲击声十分清越。每当有客人谈到猥俗之事时，他就会在耳边敲击几声玉磬，有人问他原因，他回答说要用玉磬声洗耳。

郊居，诛茅[1]结屋，云霞栖梁栋之间，竹树在汀洲之外；

与二三之同调[2]，望衡对宇[3]，联接巷陌；风天雪夜，买酒相呼；

此时觉曲生[4]气味，十倍市饮。

1 诛茅：清除茅草。
2 同调：志趣相投。
3 望衡对宇：指门庭相对，住处接近。衡，横木做的门，代指为门。宇，屋檐，代指为屋。
4 曲生：酒的别称。

万事皆易满足,惟读书终身无尽;
人何不以不知足一念加之书?
又云:读书如服药,药多力自行。

醉后辄作草书十数行,便觉酒气拂拂,从十指出去也。

书引藤为架,人将薜¹作衣。

1 薜:即薜荔,植物。薜荔所做衣服叫作薜荔衣,原为神仙鬼怪所披的衣饰,后用来代指隐士的服装。

从江干溪畔,箕踞石上,
　听水声浩浩潺潺,瀺瀺泠泠,
　　恰似一部天然之乐韵,
　　　疑有湘灵¹在水中鼓瑟也。

1 湘灵:古代传说中的湘水之神,又称湘君。

鸿¹中叠石，未论高下，但有木阴²水气，便自超绝。

1 鸿：洪水。此处指水。
2 木阴：树荫。

段由夫¹携瑟，就松风涧响之间，曰三者皆自然之声，正合类聚。

1 段由夫：魏晋南北朝名士。

高卧闲窗，绿阴清昼，天地何其寥廓也。

少学琴书，偶爱清净，开卷有得，便欣然忘食；见树木交映，时鸟变声，亦复欢然有喜。常言：五六月，卧北窗下，遇凉风暂至，自谓羲皇上人¹。

1 羲皇上人：伏羲氏之前的人，也称太古的人。古人想象伏羲氏时期人们都过着恬静、闲适的生活。因此用羲皇上人代指无忧无虑，生活闲适。

空山听雨，是人生如意事。听雨必于空山破寺中，寒雨围炉，可以烧败叶，烹鲜笋。

鸟啼花落,欣然有会于心。

遣小奴,挈㼈樽[1],酤[2]白酒,醮[3]一梨花瓷盏;急取诗卷,快读一过以咽之,萧然不知其在尘埃间也。

1 㼈(yǐng)樽:㼈木制成的杯子。
2 酤:买。
3 醮(jiào):喝酒干杯。

闭门即是深山,读书随处净土。

千岩竞秀,万壑争流,草木蒙笼其上,若云兴霞蔚。

从山阴道上行,山川自相映发,使人应接不暇;若秋冬之际,尤难为怀。

欲见圣人气象,须于自己胸中洁净时观之。

执笔惟凭于手熟,为文每事于口占[1]。

[1] 口占:指即兴创作诗词,不打草稿,随口吟诵出来。

箕踞于班竹林中,徙倚于青几[1]上。所有道笈梵书[2],或校雠[3]四五字,或参讽[4]一两章。茶不甚精,壶亦不燥;香不甚良,灰亦不死。短琴无曲而有弦,长讴[5]无腔而有音。激气发于林樾[6],好风逆之水涯。若非羲皇以上,定亦嵇、阮之间。

1 青几:以青石制成的小桌。几,古人坐时凭倚或搁置物件的小桌,后专指放置小件器物的家具。
2 道笈梵书:道教和佛教的经书。
3 校雠(chóu):校对文字,在古代校雠是一项独立的学问,始于西汉。雠,错误。
4 参讽:参悟,评议。
5 讴:唱歌,民歌。
6 樾:树荫。

闻人善则疑之,闻人恶则信之,此满腔杀机也。

士君子尽心利济[1]，使海内少他不得，则天亦自然少他不得，即此便是立命。

1 利济：救济，施恩泽。

读书不独变气质，且能养精神，盖理义收摄故也。

周旋人事后，当诵一部清静经；
吊丧问疾后，当念一通扯淡歌。

卧石不嫌于斜，立石不嫌于细，倚石不嫌于薄，盆石不嫌于巧，山石不嫌于拙。

雨过生凉，境闲情适，邻家笛韵，与晴云断雨逐听之，声声入肺肠。

不惜费，必至于空乏而求人；
不受享，无怪乎守财而遗诮[1]。

1 诮：讥讽。

园亭若无一段山林景况,只以壮丽相炫,便觉俗气扑人。

餐霞吸露,聊驻红颜;
弄月嘲风,闲销白日。

清之品有五:睹标致[1],发厌俗之心,见精洁,动出尘[2]之想,名曰清兴;知蓄书史,能亲笔砚,布景物有趣,种花木有方,名曰清致;纸裹中窥钱,瓦瓶中藏粟,困顿于荒野,摈弃乎血属[3],名曰清苦;指幽僻之耽,夸以为高,好言动之异,标以为放,名曰清狂;博极今古,适情泉石,文词带烟霞,行事绝尘俗,名曰清奇。

1 标致:美好。
2 出尘:脱离尘世。
3 血属:有血缘关系的亲属。

对棋不若观棋,观棋不若弹瑟,弹瑟不若听琴。古云:"但识琴中趣,何劳弦上音。"斯言信然。

奕秋[1]往矣,伯牙往矣,千百世之下,止存遗谱,似不能尽有益于人。唯诗文字画,足为传世之珍,垂名不朽。总之身后名,不若生前酒耳。

[1] 奕秋:春秋时期鲁国人,善棋。他是第一个史上有记载的专业围棋手,最早见于《孟子》。

君子虽不过信人,君子断不过疑人。

人只把不如我者较量,则自知足。

折胶铄石[1],虽累变于岁时;热恼清凉,原只在于心境。所以佛国都无寒暑,仙都长似三春。

[1] 折胶铄石:秋天和夏天。折胶,指秋天。铄石,指夏天。

鸟栖高枝,弹射难加;
鱼潜深渊,网钓不及;
士隐岩穴,祸患焉至。

于射[1]而得揖让[2]，于棋而得征诛；
于忙而得伊、周[3]，于闲而得巢、许[4]；
于醉而得瞿昙[5]，于病而得老、庄，
于饮食衣服、出作入息，而得孔子。

1 射：古时的射礼，包括大射、宾射、燕射和乡射。
2 揖让：作揖谦让，是古代宾主相见的礼节。
3 伊、周：指伊尹和周公。此处指从忙碌中得知了伊尹和周公的操劳之心。
4 巢、许：巢父和许由。巢父，传说为尧时的隐士。许由，相传为尧时人，隐于沛泽，尧闻其贤，欲以天下让之，其不受而逃于颍水之阳箕山之下。
5 瞿昙：释迦牟尼的姓，亦作佛的代称。一译乔答摩。

前人云："昼短苦夜长，何不秉烛游？"不当草草看过。

优人[1]代古人语，代古人笑，代古人愤，今文人为文似之。优人登台肖古人，下台还优人，今文人为文又似之。假令古人见今文人，当何如愤，何如笑，何如语？

1 优人：优子，古代以乐舞、戏谑为业的艺人。

看书只要理路通透,不可拘泥旧说,更不可附会新说。

简傲[1]不可谓高,谄谀不可谓谦,
刻薄不可谓严明,阘茸[2]不可谓宽大。

1 简傲:高傲,傲慢。
2 阘(tà)茸:卑贱、低劣。

作诗能把眼前光景,胸中情趣,一笔写出,便是作手[1],不必说唐说宋。

1 作手:工艺或诗文书画的能手。

少年休笑老年颠,及到老时颠一般。
只怕不到颠时老,老年何暇笑少年。

饥寒困苦,福将至己;饱饫[1]宴游,祸将生焉。

1 饱饫(yù):吃饱。

打透生死关,生来也罢,死来也罢;

参破名利场,得了也好,失了也好。

混迹尘中,高视物外[1];

陶情杯酒,寄兴篇咏;

藏名一时,尚友千古。

1 高视物外:超出世间的物累。

嗟矣狂客,酷好宾朋;贤哉细君[1],无违夫子。

醉人盈座,簪裾[2]半尽;酒家食客满堂,瓶罂不离米肆。

灯烛荧荧,且耽夜酌;爨[3]烟寂寂,安问晨炊?

生来不解攒眉[4],老去弥堪鼓腹[5]。

1 细君:古代称诸侯的妻子细君,后细君为妻的通称。
2 簪裾:头饰和衣衫。
3 爨(cuàn):烧火煮饭。
4 攒眉:皱眉头,代指发愁。
5 鼓腹:鼓起肚子,指饱腹,借指生活安逸。

皮囊速坏，神识常存，杀万命以养皮囊，罪卒归于神识。

佛性无边，经书有限，穷万卷以求佛性，得不属于经书。

人胜我无害，彼无蓄怨之心；
我胜人非福，恐有不测之祸。

书屋前，列曲槛[1]栽花，凿方池浸月，引活水养鱼；小窗下，焚清香读书，设净几鼓琴，卷疏帘看鹤，登高楼饮酒。

1 曲槛：曲折的栏杆。

人人爱睡，知其味者甚鲜[1]；睡则双眼一合，百事俱忘，肢体皆适，尘劳尽消，即黄粱南柯，特余事已耳。静修[2]诗云："书外论交睡最贤。"旨哉[3]言也。

1 鲜：少。
2 静修：刘因，号静修，元代诗人、思想家。
3 旨哉：妙哉。

过份求福，适以速祸；
安分速祸，将自得福。

倚势而凌人者，势败而人凌；恃财而侮人者，财散而人侮。此循环之道。

我争者，人必争，虽极力争之，
未必得；
我让者，人必让，虽极力让之，
未必失。

贫不能享客，而好结客；
老不能徇世[1]，而好维世；
穷不能买书，而好读奇书。

[1] 徇世：顺随世俗。

沧海[1]日，赤城[2]霞，峨眉雪，巫峡云，洞庭月，潇湘雨，彭蠡烟，广陵[3]涛，庐山瀑布，合宇宙奇观，绘吾斋壁；

少陵[4]诗，摩诘[5]画，《左传》文，马迁史，薛涛笺[6]，右军[7]帖，南华经[8]，相如赋，屈子离骚，收古今绝艺，置我山窗。

1 沧海：即东海。
2 赤城：山名，因土为红色而得名，位于今浙江天台西北方向，号称天台山的南门。
3 广陵：即扬州。
4 少陵：杜甫，字子美，因自号少陵野老，时人又称其为杜少陵。
5 摩诘：王维，字摩诘。
6 薛涛笺：薛涛为唐代女诗人，曾让匠人造出彩色的纸笺，世人称之为薛涛笺。

7 右军：晋代大书法家王羲之，曾做过右军将军，在此以官职代指其人。
8 南华经：即《庄子》。唐玄宗天宝元年封庄子为"南华真人"，《庄子》一书被尊称为《南华真经》。

偶饭淮阴¹，定万古英雄之眼，自有一段真趣，纷扰不宁者，何能得此？
醉题便殿²，生千秋风雅之光，自有一番奇特，踢踳³牖下⁴者，岂易获诸？

1 偶饭淮阴：化用淮阴侯韩信的典故。韩信年少时十分贫困，一次在城外河边遇到一群洗衣的妇女，其中有一人看他十分饥饿，就施舍他饭食。
2 醉题便殿：据史书记载，李白曾经在便殿为唐明皇撰写诏书文诰，当时天气大寒，笔被冻上，写不成字，明皇就派十个宫嫔拿着笔呵热气，呵热后再让李白使用。便殿，指正殿以外的别殿。
3 踢踳（jú chuǎn）：形容畏缩不安。
4 牖下：户牖间之前，窗下。亦借指寿终正寝。牖，窗户。

清闲无事，坐卧随心，虽粗衣淡食，自有一段真趣；
纷扰不宁，忧患缠身，虽锦衣厚味，只觉万状愁苦。

我如为善，虽一介寒士，有人服其德；
我如为恶，虽位极人臣，有人议其过。

读理义书,学法帖字,澄心[1]静坐,益友清谈,小酌半醺,浇花种竹,听琴玩鹤,焚香煮茶,泛舟观山,寓意弈棋。虽有他乐,吾不易矣。

[1] 澄心:静心,使心情清净。

成名每在穷苦日,败事多因得志时。

宠辱不惊,肝木[1]自宁;动静以敬,心火自定;饮食有节,脾土不泄;调息寡言,肺金自全;怡神寡欲,肾水自足。

[1] 肝木:在中医学说中,人的五脏与阴阳五行相对应,肝与木相对,心与火相对,脾与土相对,肺与金相对,肾与水相对,因此称肝木、心火、脾土、肺金、肾水。

让利精于取利,逃名巧[1]于邀名。

[1] 巧:聪慧,智慧。

彩笔描空,笔不落色,而空亦不受染;
利刀割水,刀不损锷[1],而水亦不留痕。

[1] 锷:刀剑的刃。

唾面自干¹，娄师德不失为雅量；

睚眦必报，郭象玄²未免为祸胎。

1 唾面自干：被人以唾喷面，连擦也不擦，令其自干。
2 郭象玄：郭汜，字象玄。此处是指汉末董卓的两位部下郭汜、李傕因为一点小事留下嫌隙而相互攻讨。

天下可爱的人，都是可怜人；

天下可恶的人，都是可惜人。

事业文章，随身销毁，而精神万古如新；

功名富贵，逐世转移，而气节千载一日¹。

1 千载一日：千年如一日，形容名节不会随着岁月的流逝而改变或者消失。

读书到快目处，起一切沉沦之色；

说话到洞心处，破一切暧昧之私。

谐臣媚子¹，极天下聪颖之人；

秉正嫉邪，作世间忠直之气。

1 谐臣媚子：曲意献谀献媚的人。

隐逸林中无荣辱，道义路上无炎凉。

闻谤而怒者，谗之囮[1]；
见誉而喜者，佞[2]之媒。

1 囮（é）：活鸟诱饵，捕鸟时用来引诱其他鸟。
2 佞：善辩，巧言谄媚。

摊烛作画，正如隔帘看月，隔水看花，意在远近之间，亦文章法也。

藏锦于心，藏绣于口；
藏珠玉于咳唾，藏珍奇于笔墨；
得时则藏于册府[1]，不得则藏于名山。

1 册府：古时帝王藏书的地方。

读一篇轩快之书，宛见山青水白；
听几句透彻之语，如看岳立川行。

读书如竹外溪流，洒然而往；
咏诗如蘋末[1]风起，勃焉而扬。

1 蘋末：苹的叶尖。指风所起处。后亦用为微风的代称。

子弟[1]排场，有举止而谢飞扬，难博缠头之锦[2]；
主宾御席，务廉隅[3]而少蕴藉[4]，终成泥塑之人。

1 子弟：梨园子弟，指唱戏的人。
2 缠头之锦：古代歌舞者常用锦帛裹头，作为装饰，因此后世用缠头之锦代指送给歌伎舞女的绸缎、财物。
3 廉隅：棱角。这里比喻人的行为、品性端方不苟。
4 蕴藉：和谐。

取凉于箑[1]，不若清风之徐来；
激水于槔[2]，不若甘雨之时降。

1 箑（shà）：扇子。
2 槔（gāo）：井上汲水的一种工具。

有快捷之才，而无所建用，势必乘愤激之处，一逞雄风；

有纵横之论[1]，而无所发明，势必乘簧鼓[2]之场，一恣余力。

1 纵横之论：原指战国时期合纵连横之说，后代指经世治国的宏论。
2 簧鼓：古代笙竽之类的乐器都有簧，吹奏鼓动发声，常常用来喻指搬弄是非。

月榭凭栏，飞凌缥缈；

云房启户，坐看氤氲[1]。

1 氤氲（yīn yūn）：形容烟或云气浓郁。

发端无绪，归结还自支离；

入门一差，进步终成恍惚。

李纳[1]性辨急，酷尚弈棋，每下子，安详极于宽缓。有时躁怒，家人辈密以棋具陈于前，纳睹便欣然改容，取子布算，都忘其恚[2]。

1 李纳：唐朝人，曾为检校右仆射、司空、同中书门下平章事，并被封为陇西郡王，酷爱下棋。
2 恚（huì）：恼恨，发怒。

竹里登楼，远窥韵士，聆其谈名理于坐上，而人我之相可忘；花间扫石，时候棋师，观其应危劫于枰间[1]，而胜负之机早决。

1 枰间：指棋盘上。

六经[1]为庖厨，百家为异馔[2]，
三坟[3]为瑚琏[4]，诸子为鼓吹；
自奉得无大奢，请客未必能享。

1 六经：儒家的六部经典，分别为《诗经》《尚书》《礼记》《乐经》《易经》《春秋》。
2 异馔：珍贵而奇特的食物。
3 三坟：传说中我国最古老的书籍。
4 瑚琏：宗庙礼器。

说得一句好言，此怀庶几[1]才好；
揽了一分闲事，此身永不得闲。

1 庶几：或许可以，表示希望的语气。

古人特爱松风，庭院皆植松，每闻其响，欣然往其下，曰："此可浣尽十年尘胃。"

凡名易居,只有清名难居;
凡福易享,只有清福难享。

贺兰山外虚兮怨,无定河边破镜[1]愁。

[1] 破镜:打破镜子,比喻夫妻分离。

有书癖而无剪裁,徒号书厨;
惟名饮而少蕴藉,终非名饮。

飞泉数点雨非雨,空翠几重山又山。

夜者日之余，雨者月之余，冬者岁之余。
当此三余，人事稍疏，正可一意问学。

树影横床，诗思平凌枕上；
云华满纸，字意隐跃行间。

耳目宽[1]则天地窄，争务短[2]则日月长。

1 耳目宽：指耳目之欲极多。
2 争务短：减少名利欲望。

秋老洞庭，霜清彭泽。

听静夜之钟声，唤醒梦中之梦；
观澄潭之月影，窥见身外之身。

事有急之不白者，宽之或自明，毋躁急以速其忿；
人有操之不从者，纵之或自化，毋操切以益其顽。

士君子贫不能济物者，遇人痴迷处，出一言提醒之；遇人急难处，出一言解救之，亦是无量功德。

处父兄骨肉之变，宜从容，不宜激烈；
遇朋友交游之失，宜剀切[1]，不宜优游[2]。

1 剀（kǎi）切：恳切。
2 优游：此处指犹豫不决。

问祖宗之德泽，吾身所享者是，当念其积累之难；
问子孙之福祉，吾身所贻者是，要思其倾覆之易。

韶光去矣，叹眼前岁月无多，可惜年华如疾马；
长啸归与，知身外功名是假，好将姓字任呼牛[1]。

1 呼牛：比喻不管是别人的辱骂，还是称赞，都不计较。

意摹[1]古，先存古，未敢反古；
心持世，外厌世，未能离世。

1 摹：模仿。

苦恼世上,度不尽许多痴迷汉,人对之肠热,我对之心冷;
嗜欲场中,唤不醒许多伶俐人,人对之心冷,我对之肠热。

自古及今,山之胜多妙于天成,每坏于人造。

画家之妙,皆在运笔之先,运思之际;一经点染便减机神。

长于笔者,文章即如言语;长于舌者,言语即成文章。
昔人谓"丹青乃无言之诗,诗句乃有言之画",余则欲丹青似诗,诗句无言,方许各臻[1]妙境。

1 臻:达到。

舞蝶游蜂,忙中之闲,闲中之忙;
落花飞絮,景中之情,情中之景。

五夜鸡鸣，唤起窗前明月；
一觉睡起，看破梦里当年。

想到非非想[1]，茫然天际白云；
明至无无明[2]，浑矣台中明月。

1 非非想：佛教用语，指意念达到玄妙的境界。
2 无无明：佛教用语，指大彻大悟，心中非常澄明。

逃暑深林，南风逗树；脱帽露顶，沉李浮瓜；火宅炎宫[1]，莲花[2]忽迸；较之陶潜卧北窗下，自称羲皇上人，此乐过半矣。

1 火宅炎宫：在佛教中比喻充满烦恼忧愁的尘世。
2 莲花：佛常常以莲花为座台，故此象征着佛境。

霜飞空而浸雾，雁照月而猜弦[1]。

1 猜弦：见弯月疑似弓弦，比喻惊奇的样子。

既绵华而稠彩，亦密照而疏明。
若春隰[1]之扬花，似秋汉之含星。

1 隰（xí）：新开垦的田地。

景澄则岩岫[1]开镜,风生则芳树流芬。

1 岩岫:山洞。

类君子之有道,入暗室而不欺;
同至人之无迹,怀明义以应时。

一翻一覆兮如掌,
一死一生兮如轮。

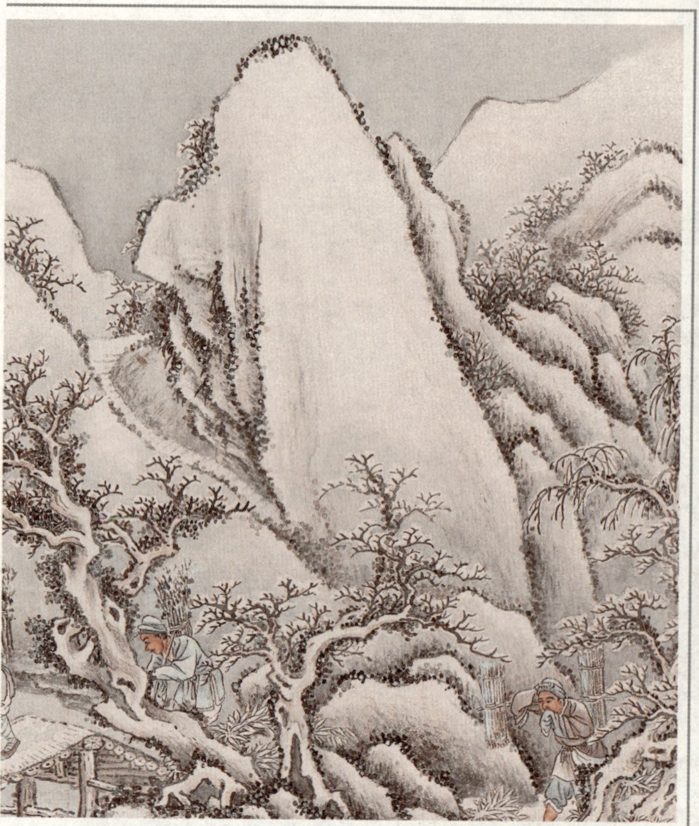

卷伍 集素

袁石公云①:「长安风雪夜，古庙冷铺中，乞儿丐僧，齁齁如雷吼，而白髭老贵人，拥锦下帷，求一合眼不得。」呜呼！松间明月，槛外青山，未常拒人，而人人自拒者何哉？

集素第五。

① 袁石公：袁宏道，字中郎，一字无学，号石公，又号六休。湖北省公安县人。提出「独抒性灵，不拘格套」的性灵说。

田园有真乐，不潇洒终为忙人；
诵读有真趣，不玩味终为鄙夫[1]；
山水有真赏，不领会终为漫游；
吟咏有真得，不解脱终为套语。

1 鄙夫：人品鄙陋、见识短浅的人。

居处寄吾生，但得其地，不在高广；
衣服被吾体，但顺其时，不在纨绮[1]；
饮食充吾腹，但适其可，不在膏粱[2]；
宴乐修吾好，但致其诚，不在浮靡[3]。

1 纨绮：精美的丝织品。
2 膏粱：肥肉和细粮。泛指精美的食物。
3 浮靡：浮艳绮靡。

披卷有余闲，留客坐残良夜月；
褰帷[1]无别务，呼童耕破远山云。

1 褰帷（qiān wéi）：帷帐。

琴鹤自对，麋豕为群；
任彼世态之炎凉，从他人情之反复。

家居苦事物之扰，惟田舍园亭，别是一番活计；
焚香煮茗，把酒吟诗，不许胸中生冰炭。
客寓[1]多风雨之怀，独禅林道院，转添几种生机；
染翰挥毫，翻经问偈，肯教眼底逐风尘。

1 客寓：居住的地方。

茅斋独坐茶频煮，七碗[1]后，气爽神清；
竹榻斜眠书漫抛，一枕余，心闲梦稳。

1 七碗：指七碗茶。传说饮茶不须七碗即可"通仙灵"，后人便以"七碗茶"作为称颂饮茶的典实。

带雨有时种竹，关门无事锄花；
拈笔闲删旧句，汲泉几试新茶。

余尝净一室,置一几,陈几种快意书,放一本旧法帖,古鼎焚香,素麈[1]挥尘。意思小倦,暂休竹榻。饷时而起,则啜苦茗,信手写汉书[2]几行,随意观古画数幅。心目间,觉洒灵空,面上尘,当亦扑去三寸。

1 麈(zhǔ):古书上指鹿一类的动物,尾巴可以制拂尘。这里代指拂尘。
2 汉书:汉代书法,即汉隶。

但看花开落,不言人是非。

莫恋浮名,梦幻泡影有限;
且寻乐事,风花雪月无穷。

白云在天,明月在地;
焚香煮茗,阅偈翻经;
俗念都捐,尘心顿洗。

暑中尝嘿坐，澄心闭目，作水观[1]久之，觉肌发洒洒，几阁[2]间似有凉气飞来。

1 水观：佛教入定之术的一种，指坐禅时观遍一切处水，进而得正定。
2 几阁：橱架。

胸中只摆脱一"恋"字，便十分爽净，十分自在。人生最苦处，只是此心，沾泥带水，明是知得，不能割断耳。

无事以当贵，早寝以当富，安步以当车，晚食以当肉，此巧于处贫矣。

三月茶笋初肥，梅风未困；九月莼鲈正美，秫酒[1]新香；胜友[2]晴窗，出古人法书名画，焚香评赏，无过此时。

1 秫（shú）酒：高粱酒。
2 胜友：极其要好的朋友，挚友。

高枕丘中,逃名世外,耕稼以输王税,采樵以奉亲颜[1];

新谷既升,田家大洽[2],肥羜[3]烹以享神,枯鱼燔[4]而召友。

蓑笠在户,桔槔空悬,浊酒相命,击缶长歌,野人之乐足矣。

1 亲颜:亲人。
2 大洽:供应丰盛。
3 肥羜(zhù):肥嫩的羊羔。羜,出生五个月的小羊。
4 燔(fán):烤。

为市井草莽之臣,早输国课[1];

作泉石烟霞之主,日远俗情。

1 国课:国家的赋税。

覆雨翻云何险也,论人情,只合杜门[1];

吟风弄月忽颓然,全天真,且须对酒。

1 杜门:关门。

春初玉树[1]参差，冰花错落，琼台奇望，恍坐玄圃[2]罗浮[3]，若非黄昏月下，携琴吟赏，杯酒留连，则暗香浮动，疏影横斜之趣，何能真实际[4]？

1 玉树：冰雪覆盖之树。
2 玄圃：传说神仙在昆仑山顶的居处，此处有奇花异石。玄，通"悬"。
3 罗浮：道教名山，广东罗浮山，传说东晋葛洪在此炼丹。
4 实际：佛家用语，谓宇宙万有的本体。

性不堪虚，天渊亦受鸢鱼之扰；
心能会境，风尘还结烟霞之娱。

身外有身，捉麈尾矢口闲谈，真如画饼；
窍中有窍，向蒲团问心究竟，方是力田[1]。

1 力田：努力耕田，此处喻指心田。

山中有三乐：薜荔可衣，不羡绣裳；蕨薇可食，不贪粱肉；箕踞散发，可以逍遥。

终南当户,鸡峰如碧笋左簇,退食时[1]秀色纷纷堕盘,山泉绕窗入厨,孤枕梦回,惊闻雨声也。

1 退食时:指归隐。

世上有一种痴人,所食闲茶冷饭,何名高致?

桑林麦陇,高下竞秀[1];风摇碧浪层层,雨过绿云绕绕。雉鸲[2]春阳,鸠呼朝雨,竹篱茅舍,间以红桃白李,燕紫莺黄,寓目色相[3],自多村家闲逸之想,令人便忘艳俗。

1 高下竞秀:高低起伏,竞秀风姿。
2 雉鸲(zhì gòu):指雉鸣叫,泛称鸟鸣叫。
3 色相:佛教术语,指事物呈现的外在形式。

云生满谷,月照长空,洗足收衣,正是宴安[1]时节。

1 宴安:安逸,享受。

眉公居山中，有客问山中何景最奇，曰："雨后露前，花朝雪夜。"又问何事最奇，曰："钓因鹤守，果遣猿收。"

古今我爱陶元亮[1]，乡里人称马少游[2]。

1 陶元亮：陶渊明，字元亮。
2 马少游：东汉名将马援的堂弟，以追求功名利禄为苦事，曾劝马援，当满足于温饱。

嗜酒好睡，往往闭门；俯仰进退，随意所在。

霜水澄定，凡悬崖峭壁，古木垂萝，与片云纤月，一山映在波中，策杖临之，心境俱清绝。

肴不抬饭[1]，虽大宾不宰牲，匪直戒奢侈而可久，亦将免烦劳以安身。

1 抬饭：提高饭菜的档次。

饥生阳火炼阴精[1],食饱伤神气不升。

[1] 阴精:内在的元气。

心苟[1]无事,则息自调;
念苟无欲,则中自守。

[1] 苟:假使,如果。

文章之妙:
语快令人舞,语悲令人泣,
语幽令人冷,语怜令人惜,
语险令人危,语慎令人密,
语怒令人按剑,
语激令人投笔,
语高令人入云,
语低令人下石。

溪响松声，清听自远；
竹冠兰佩，物色俱闲。

鄙吝一销，白云亦可赠客；
渣滓尽化，明月自来照人。

存心有意无意之妙，微云淡河汉；
应世不即不离之法，疏雨滴梧桐。

肝胆相照，欲与天下共分秋月；
意气相许，欲与天下共坐春风。

堂中设木榻四，素屏二，古琴一张，儒道佛书各数卷。乐天既来为主，仰观山，俯听水，傍睨竹树云石，自辰至酉，应接不暇。俄而物诱气和，外适内舒，一宿体宁，再宿心恬，三宿后，颓然嗒然[1]，不知其然而然。

[1] 嗒然：形容身心俱遣、物我两忘的状态。

偶坐蒲团，纸窗上月光渐满，树影参差，所见非色非空，此时虽名衲敲门，山童且勿报也。

会心处不必在远。翳然[1]林水，便自有濠濮间想也[2]。不觉鸟兽禽鱼，自来亲人。

1 翳然：形容隐蔽。
2 濠濮间想：《庄子》记有庄子与惠子同游濠梁之上，以及与庄子垂钓濮水的事。后以此代指逍遥闲居、清淡无为的思绪。濠，濠水。濮，濮水。想，遐想。

茶欲白，墨欲黑；

茶欲重，墨欲轻；

茶欲新，墨欲陈。[1]

1 此句出自《高斋漫录》，为司马光与苏轼谈论茶墨时的话，原文中"旧"作"陈"。

馥喷五木之香[1]，色冷冰蚕之锦[2]。

1 五木之香：段成式《酉阳杂俎》有"一木五香"说，即根旃檀、节沉香、花鸡舌、叶藿香和胶熏陆。
2 冰蚕之锦：古代丝织品名。

筑风台以思避[1]，构仙阁而入圆[2]。

[1] 筑风台以思避："风台"乃"凤台"之误。此借用萧史、弄玉的典故。
[2] 入圆：得道升天。

客过草堂问："何感慨而甘栖遁[1]？"余倦于对，但拈古句答曰："得闲多事外，知足少年中。"
问："是何功课？"曰："种花春扫雪，看箓[2]夜焚香。"
问："是何利养？"曰："砚田[3]无恶岁，酒国有长春。"
问："是何还往？"曰："有客来相访，通名是伏羲。"

[1] 栖遁：隐居。
[2] 箓：道教记载上天神名的书。
[3] 砚田：以笔墨为生。

山居胜于城市，盖有八德：

不责苛礼，不见生客，不混酒肉，不竞田产，不闻炎凉，不闹曲直，不征文逋[1]，不谈士籍[2]。

[1] 文逋：文字债，指友人之间应答酬唱的诗文。
[2] 士籍：南北朝时指门阀士族的名籍谱系，明朝时指太学中记载进士名籍的簿册。

采茶欲精，藏茶欲燥，烹茶欲洁。

茶见日而味夺，墨见日而色灰。

磨墨如病儿，把笔如壮夫。

园中不能办奇花异石，惟一片树阴，半庭藓迹，差可会心忘形。友来或促膝剧论，或鼓掌欢笑，或彼谈我听，或彼默我喧，而宾主两忘。

尘缘割断，烦恼从何处安身；
世虑潜消，清虚向此中立脚。

檐前绿蕉黄葵，老少叶[1]，鸡冠花，布满阶砌。移榻对之，或枕石高眠，或捉尘清话。门外车马之尘滚滚，了不相关。

[1] 老少叶：一种植物，其叶九月鲜红，又称雁来红。

夜寒坐小室中，拥炉闲话。渴则敲冰煮茗，饥则拨火煨芋。

阿衡五就[1]，那如莘野[2]躬耕；
诸葛七擒[3]，争似南阳抱膝[4]。

1 阿衡五就：商汤五次延聘，伊尹才去就任。阿衡，伊尹的小名。
2 莘野：古国名，亦称有莘、有侁，后引申为隐居之所。
3 诸葛七擒：指诸葛亮七擒孟获的故事。
4 南阳抱膝：相传诸葛亮隐居南阳时，常常抱膝长啸。

饭后黑甜[1]，日中薄醉，别是洞天；
茶铛酒臼，轻案绳床，寻常福地。

1 黑甜：形容美美地睡了一大觉。

翠竹碧梧，高僧对弈；
苍苔红叶，童子煎茶。

久坐神疲，焚香仰卧；偶得佳句，即令毛颖君[1]就枕掌记[2]，不则展转失去。

1 毛颖君：指毛笔。
2 掌记：备忘的记事纸片、便签、小本等。

和雪嚼梅花，羡道人之铁脚；
烧丹染香履，称先生之醉吟[1]。

1 先生之醉吟：白居易，又号醉吟先生。

灯下玩花，帘内看月，雨后观景，醉里题诗，梦中闻书声，皆有别趣。

王思远[1]扫客坐留，不若杜门；
孙仲益[2]浮白[3]俗谈，足当洗耳。

1 王思远：琅琊临沂人，南齐官员，据传只与衣服整洁之人交谈，且客走后让两仆人反复清理客坐处。
2 孙仲益：即孙觌，字仲益，号鸿庆居士，善诗文。
3 浮白：原指罚饮一满杯酒，后亦称满饮或畅饮酒。

铁笛吹残，长啸数声，空山答响；
胡麻饭罢，高眠一觉，茂树屯阴。

编茅为屋，叠石为阶，何处风尘可到？
据梧而吟，烹茶而语，此中幽兴偏长。

皂囊白简[1]，被人描尽半生；
黄帽青鞋[2]，任我逍遥一世。

1 皂囊白简：指代机密公文。皂囊，黑绸口袋，汉代大臣在上奏机密事件时，都会把奏章装进皂囊中。白简，弹劾官员的奏章。
2 黄帽青鞋：平民服饰，代指平民生活。青鞋，草鞋。

清闲之人不可惰其四肢，又须以闲人做闲事。
临古人帖，温昔年书；拂几微尘，洗砚宿墨；灌园中花，扫林中叶。
觉体少倦，放身匡床[1]上，暂息半晌可也。

1 匡床：舒适的床。

待客当洁不当侈，无论不能继，亦非所以惜福。

葆真[1]莫如少思，寡过莫如省事；
善应莫如收心，解酲[2]莫如淡志。

1 葆真：永葆天真。
2 酲：浊酒，醇酒。

世味浓，不求忙而忙自至；
世味淡，不偷闲而闲自来。

盘餐一菜，永绝腥膻，饭僧宴客，何烦六甲行厨[1]？
茆屋[2]三楹，仅蔽风雨，扫地焚香，安用数童缚帚？

1 六甲行厨：传说中道家的法术，役使鬼神烧火做饭。六甲，即六丁，道教中的火神。
2 茆屋：茅屋。

以俭胜贫，贫忘；以施代侈，侈化；
以省去累，累消；以逆炼心，心定。

净几明窗，一轴画，一囊琴，一只鹤，一瓯茶，一炉香，一部法帖；
小园幽径，几丛花，几群鸟，几区亭，几拳石，几池水，几片闲云。

花前无烛，松叶堪燃；
石畔欲眠，琴囊可枕。

流年不复记，但见花开为春，花落为秋；
终岁无所营，惟知日出而作，日入而息。

脱巾露项，斑文竹箨之冠[1]；
倚枕焚香，半臂华山之服[2]。

---

1 竹箨（tuò）之冠：用竹皮制成的发冠，代指平民的衣服。箨，竹笋外层一片一片的壳。
2 华山之服：华山仙人的衣服。

谷雨前后，为和凝汤社[1]，双井白茅[2]，湖州紫笋[3]，扫臼涤铛，征泉选火。

以王濛[4]为品司，卢仝[5]为执权，李赞皇[6]为博士，陆鸿渐[7]为都统。

聊消渴吻，敢讳水淫，差取婴汤[8]，以供茗战。

1 和凝汤社：和凝，五代著名词人。五代时期任高官，嗜茶如命。五代宋初陶谷《舜茗录》："和凝在朝，率同列递日以茶相饮，味劣者有罚，号为'汤社'。"

2 双井白茅：江西修水双井产的茶叶。

3 湖州紫笋：浙江湖州长兴顾渚山的上等贡茶，又名"顾渚紫笋"。

4 王濛：晋代的司徒长史。

5 卢仝：唐代诗人，被尊称为"茶仙"，代表作《茶谱》。

6 李赞皇：唐宰相李德裕，河北赞皇人。因嗜惠山泉，传令在两地之间设置驿站，从惠山汲泉后，由驿骑站站传递，停息不得，时人称之为"水递"。

7 陆鸿渐：陆羽，代表作《茶经》，唐代茶学家，被誉为"茶仙"，尊为"茶圣"，祀为"茶神"。

8 婴汤：煮茶刚沸时的开水。冲茶不可太早，早称婴汤，迟则太老，称寿汤。婴汤、寿汤皆不宜茶，汤稚则茶味不出，水老则茶乏。

窗前落月，户外垂萝，石畔草根，桥头树影，可立可卧，可坐可吟。

亵狎[1]易契[2],日流于放荡;庄厉难亲,日进于规矩。

1 亵狎:轻慢,不庄重。
2 契:相合,相投。

甜苦备尝好丢手[1],世味浑如嚼蜡;
生死事大急回头,年光疾于跳丸[2]。

1 丢手:放开不管。
2 跳丸:抛出去的弹丸,形容时光飞逝。

若富贵,由我力取,则造物无权;
若毁誉,随人脚根,则谀夫得志。

清事不可着迹。若衣冠必求奇古,器用必求精良,饮食必求异巧,此乃清中之浊,吾以为清事之一蠹。

吾之一身，常有少不同壮，壮不同老；
吾之身后，焉有子能肖父，孙能肖祖？
如此期，必属妄想，所可尽者，惟留好样与儿孙而已。

若想钱而钱来，何故不想？
若愁米而米至，人固当愁。
晓起依旧贫穷，夜来徒多烦恼。

半窗一几，远兴闲思，天地何其寥阔也；
清晨端起，亭午[1]高眠，胸襟何其洗涤也。

1 亭午：正午。

行合道义，不卜自吉；
行悖道义，纵卜亦凶。
人当自卜，不必问卜。

奔走于权幸之门，自视不胜其荣，人窃以为辱；
经营于利名之场，操心不胜其苦，己反以为乐。

宇宙以来有治世法，有傲世法，
有维世法，有出世法，有垂世法。
唐虞垂衣[1]，商周秉钺[2]，是谓治世；
巢父洗耳，裘公瞑目，是谓傲世；
首阳轻周[3]，桐江重汉[4]，是谓维世；
青牛度关[5]，白鹤翔云，是谓出世；
若乃鲁儒[6]一人，邹传七篇[7]，始谓垂世。

1 唐虞垂衣：指尧舜以道德教化民众。唐，陶唐氏，即尧。虞，有虞氏，即舜。
2 秉钺：执斧，借指掌握兵权。钺，古代的一种兵器，由青铜或铁制成，形状像板斧而较大。
3 首阳轻周：周灭商后，伯夷、叔齐耻为周民，不食周粟，隐居首阳山。
4 桐江重汉：用东汉严光隐居桐江，拒绝汉光武帝征召的典故。
5 青牛度关：指老子乘青牛出函谷关西去的故事。
6 鲁儒：指孔子，孔子为春秋时期鲁国人。
7 邹传七篇：《孟子》七篇，孟子名轲，战国时邹人。

书室中修行法：心闲手懒，则观法帖，以其可逐字放置也；手闲心懒，则治迂事[1]，以其可作可止也；心手俱闲，则写字作诗文，以其可以兼济也；心手俱懒，则坐睡，以其不强役于神也；心不甚定，宜看诗及杂短故事，以其易于见意不滞于久也；心闲无事，宜看长篇文字，或经注，或史传，或古人文集，此又甚宜于风雨之际及寒夜也。又曰："手冗心闲则思，心冗手闲则卧，心手俱闲，则著作书字，心手俱冗，则思早毕其事，以宁吾神。"

[1] 迂事：不急之事。

片时清畅,即享片时;半景幽雅,即娱半景;不必更起姑待之心。

一室经行[1],贤于九衢[2]奔走;
六时[3]礼佛,清于五夜[4]朝天。

1 经行:佛教术语,信徒们为了排遣心中的郁结,在某一处来回徘徊。
2 九衢:纵横交叉的大道,繁华的街市。
3 六时:佛教分一昼夜为六时,分别是晨朝、日中、日没、初夜、中夜、后夜。
4 五夜:即五更。

会意不求多,数幅晴光摩诘画;
知心能有几?百篇野趣少陵诗。

醇醪百斛,不如一味太和之汤[1];
良药千包,不如一服清凉之散。

1 太和之汤:百沸汤,即热汤,传说其能调和阴阳,保养身心。

闲暇时,取古人快意文章,朗朗读之,则心神超逸,须眉开张。

修净土[1]者，自净其心，方寸居然莲界；
学禅坐者，达禅之理，大地尽作蒲团。

1 净土：佛教净土宗。

衡门[1]之下，有琴有书。载弹载咏，爰[2]得我娱。岂无他好？乐是幽居。朝为灌园，夕偃蓬庐[3]。

1 衡门：横木为门，代指简陋的房屋。
2 爰：于是。
3 蓬庐：茅舍。泛指简陋的房屋。

因葺旧庐，疏渠引泉，周以花木，日哦[1]其间。故人过逢，瀹茗[2]弈棋，杯酒淋浪，殆[3]非尘中有也。

1 哦：吟咏。
2 瀹（yuè）：煮。
3 殆：几乎，差不多。

逢人不说人间事，便是人间无事人。

闲居之趣，快活有五。不与交接，免拜送之礼，一也；终日可观书鼓琴，二也；睡起随意，无有拘碍，三也；不闻炎凉嚣杂，四也；能课子耕读，五也。

虽无丝竹管弦之盛，一觞一咏，亦足以畅叙幽情。

独卧林泉，旷然自适，无利无营，少思寡欲，修身出世法也。

茅屋三间，木榻一枕，烧清香，啜苦茗，读数行书，懒倦便高卧松梧之下，或科头[1]行吟。日常以苦茗代肉食，以松石代珍奇，以琴书代益友，以著述代功业，此亦乐事。

1 科头：不戴冠帽，裸露发髻。

挟怀朴素，不乐权荣；栖迟僻陋，忽略利名；葆守恬淡，希时安宁；晏然闲居，时抚瑶琴。

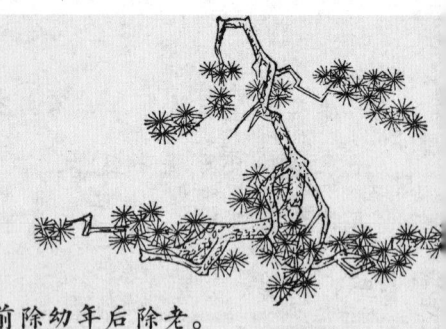

人生自古七十少，前除幼年后除老。

中间光景不多时，又有阴晴与烦恼。

到了中秋月倍明，到了清明花更好。

花前月下得高歌，急须漫把金樽倒。

世上财多赚不尽，朝里官多做不了。

官大钱多身转劳，落得自家头白早。

请君细看眼前人，年年一分埋青草。

草里多多少少坟，一年一半无人扫。

饥乃加餐，菜食美于珍味；

倦然后睡，草蓐¹胜似重裀²。

1 草蓐（rù）：草席，草垫子。
2 重裀（yīn）：即重茵，厚而软的坐褥。

流水相忘游鱼，游鱼相忘流水，即此便是天机；

太空不碍浮云，浮云不碍太空，何处别有佛性？

丹山碧水之乡，月涧云龛之品，
涤烦消渴，功诚不在芝术[1]下。

1 芝术：即芝草，药草名。

颇怀古人之风，愧无素屏[1]之赐，
则青山白云，何在非我枕屏？

1 素屏：白色的屏风。

江山风月，本无常主，闲者便是主人。

入室许清风，
对饮惟明月。

被衲持钵，作发僧行径，
以鸡鸣当檀越[1]，以枯管当筇杖[2]，以饭颗[3]当祇园[4]，
以岩云野鹤当伴侣，以背锦奚奴当行脚头陀[5]，
往探六六奇峰[6]，三三曲水[7]。

1 檀越：梵语，指施主。
2 筇（qióng）杖：筇竹制成的竹杖。
3 饭颗：相传为长安名山。李白《戏赠杜甫》："饭颗山头逢杜甫，顶戴笠子日卓午。借问别来太瘦生，总为从前作诗苦。"后人因以饭颗山谓写作辛苦或拘守格律。
4 祇园：祇园精舍。释迦牟尼去舍卫国说法时与僧徒居住之地。
5 行脚头陀：行脚僧，即游方之僧。
6 六六奇峰：指嵩山少林三十六奇峰。
7 三三曲水：指武夷山的九曲之水。

山房置一钟，每于清晨良宵之下，用以节歌，令人朝夕清心，动念和平。李秃[1]谓："有杂想，一击遂忘；有愁思，一撞遂扫"，知音哉！

1 李秃：即明代思想家李贽，常以李和尚、李秃老、李生等自称。

潭涧之间，清流注泻，千岩竞秀，万壑争流，却自胸无宿物[1]，漱清流，令人濯濯[2]，清虚日来非惟使人情开涤，可谓一往有深情。

1 胸无宿物：胸怀坦荡，无所牵挂。
2 濯濯：光明、清朗的样子。

林泉之浒[1]，风飘万点，清露晨流，新桐初引，萧然无事，闲扫落花，足散人怀。

1 浒：水边。

浮云出岫[1]，绝壁天悬，日月清朗，不无微云点缀。看云飞轩轩[2]霞举，踞胡床与友人咏谑[3]，不复滓秽[4]太清[5]。

1 岫：山峰，峰顶。
2 轩轩：舞动飞扬的样子。
3 咏谑：吟咏谈笑。
4 滓秽：污浊。
5 太清：本指宇宙元气之清者，亦指天道、自然。

山房之磬，虽非绿玉[1]，沉明轻清之韵，尽可节清歌、洗俗耳。

1 绿玉：古琴名。

山居之乐，颇惬冷趣：煨落叶为红炉，况负暄[1]于岩户。土鼓催梅，荻灰[2]暖地；虽潜凛[3]以萧索，见素柯[4]之凌岁。同云不流，舞雪如醉；野因旷而冷舒，山以静而不晦。枯鱼在悬，浊酒已注，朋徒我从，寒盟[5]可固，不惊岁暮于天涯，即是挟纩[6]于孤屿。

1 负暄：冬天受日光暴晒取暖。
2 荻灰：荻草的灰烬。荻，生在水边，叶似芦苇。
3 潜凛：暗暗袭来的寒气。
4 素柯：落雪后呈白色的草木枝茎。柯，草木的枝茎。
5 寒盟：背弃或忘记盟约。
6 挟纩：披着绵衣，也用来比喻被人安慰后感到温暖。纩，絮衣服的新丝绵。

步障[1]锦千层，氍毹[2]紫万叠，
何似编叶成帷，聚茵为褥？
绿阴流影清入神，香气氤氲彻人骨，

坐来天地一时宽，闲放风流晓清福。

1 步障：起到遮蔽和间隔效果的屏障。
2 氍毹（qú shū）：一种有花纹的毛毯。

送春而血泪满腮，悲秋而红颜惨目。

翠羽[1]欲流，碧云为飑。

1 翠羽：比喻青葱的树叶。

郊中野坐，固可班荆[1]；径里闲谈，最宜拂石[2]。侵云烟而独冷，移开清啸胡床[3]；藉草木以成幽，撤去庄严莲界。

况乃枕琴夜奏，逸韵更扬；置局[4]午敲，清声甚远；洵[5]幽栖之胜事，野客之虚位[6]也。

1 班荆：铺荆于地，坐而论事。班，铺开。荆，一种黄荆。后以"班荆道故"形容朋友途中相遇，不拘礼节而畅叙旧情。
2 拂石：拂去石头上的灰尘坐下。
3 胡床：古代一种类似今天的马扎、板凳的坐具，便携可折叠。
4 局：棋局。
5 洵：实在，确实。
6 虚位：空缺之位，比喻期待到来。

饮酒不可认真，认真则大醉，大醉则神魂昏乱。在《书》为"沉湎"，在《诗》为"童羖"[1]，在《礼》为"豢豕"，在《史》为"狂药"。何如但取半酣，与风月为侣？

1 童羖：无角的公羊，指不存在的东西。

家鸳鸯湖滨，饶兼葭凫鹥[1]，水月淡荡[2]之观。客啸渔歌，风帆烟艇[3]，虚无出没，半落几上。呼野衲而泛斜阳，无过此矣！

1 凫鹥（yī）：野鸭和鸥，泛指水鸟。
2 淡荡：水迂回缓流的样子。
3 烟艇：烟波里的小舟。

雨后卷帘看霁色，却疑苔影上花来。

月夜焚香，古桐[1]三弄，便觉万虑都忘，妄想尽绝。试看香是何味？烟是何色？穿窗之白是何影？指下之余是何音？恬然乐之而悠然忘之者，是何趣？不可思量处，是何境？

1 古桐：古琴，因古琴多以桐木制而得名。

贝叶[1]之歌无碍,莲花之心不染。

1 贝叶:古印度用以书写佛经的树叶,亦代指佛经。

河边共指星为客,花里空瞻月是卿。

人之交友,不出"趣味"两字,有以趣胜者,有以味胜者。然宁饶于味,而无饶于趣。

守恬淡以养道,处卑下以养德,
去嗔怒以养性,薄滋味以养气。

吾本薄福人,宜行惜福事;
吾本薄德人,宜行厚德事。

知天地皆逆旅[1],不必更求顺境;
视众生皆眷属,所以转成冤家。

1 逆旅:客舍,旅店。

只宜于着意处写意[1],不可向真景处点景[2]。

[1] 写意:国画的一种绘画技巧,强调不求精巧细致以达到形似,只求以简明精深的笔触勾勒景物的神态、作者的情趣。
[2] 点景:点缀,装饰。

只愁名字有人知,涧边幽草;
若问清盟谁可托,沙上闲鸥。

山童率草木之性,与鹤同眠;
奚奴领歌咏之情,检韵而至。

闭户读书,绝胜入山修道;
逢人说法,全输兀坐扪心。

砚田登大有,虽千仓珠粟,不输两税之征;
文锦运机杼[1],纵万轴龙文,不犯九重之禁。

[1] 机杼:比喻文章的构造布局。

步明月于天衢[1],览锦云于江阁。

1 天衢(qú):天上的街道。这里指山间小道。

幽人清课,讵但啜茗焚香?
雅士高盟,不在题诗挥翰[1]。

1 挥翰:运笔。

以养花之情自养,则风情日闲;
以调鹤之性自调,则真性自美。

热汤如沸,茶不胜酒;幽韵如云,酒不胜茶。
茶类隐,酒类侠。酒固道广,茶亦德素。

老去自觉万缘都尽,那管人是人非?
春来倘有一事关心,只在花开花谢。

是非场里,出入逍遥;顺逆境中,纵横自在。
竹密何妨水过,山高不碍云飞。

口中不设雌黄,眉端不挂烦恼,可称烟火神仙;
随意而栽花柳,适性以养禽鱼,此是山林经济[1]。

1 经济:经世济民。

午睡醒来,颓然自废,身世庶几浑忘;
晚炊既收,寂然无营,烟火听其更举。

花开花落春不管,拂意事[1]休对人言;
水暖水寒鱼自知,会心处还期独赏。

1 拂意事:违背意愿的事情。

心地上无风涛,随在皆青山绿水;
性天中有化育[1],触处见鱼跃鸢飞[2]。

1 化育:原指万物皆由自然规律生成演化,此处指性本善良的德行。
2 鱼跃鸢飞:谓万物各得其所。

宠辱不惊,闲看庭前花开花落;
去留无意,漫随天外云卷云舒。

斗室中万虑都捐,说甚画栋飞云,珠帘卷雨;
三杯后一真自得,谁知素弦横月,短笛吟风。

得趣不在多,盆池拳石间,烟霞具足;
会景不在远,蓬窗竹屋下,风月自赊。

会得个中趣,五湖之烟月尽入寸衷[1];
破得眼前机,千古之英雄都归掌握。

1 寸衷:指心。

细雨闲开卷,微风独弄琴。

水流任意景常静,花落虽频心自闲。

残曛[1]供白醉[2],傲他附热之蛾;
一枕余黑甜,输却分香之蝶。

1 残曛:落日的余晖。
2 白醉:谓温暖如醉。

闲为水竹云山主，静得风花雪月权。

半幅花笺入手，剪裁就腊雪春冰；
一条竹杖随身，收拾尽燕云楚水。

心与竹俱空，问是非何处安觉；
貌偕松共瘦，知忧喜无由上眉。

芳菲林圃看蜂忙，觑破几多尘情世态；
寂寞衡茆[1]观燕寝，发起一种冷趣幽思。

[1] 衡茆：同"衡茅"，衡门茅屋，指简陋的居所。

何地非真境？何物非真机？
芳园半亩，便是旧金谷[1]；
流水一湾，便是小桃源[2]。
林中野鸟数声，便是一部清鼓吹[3]；
溪上闲云几片，便是一幅真画图。

[1] 金谷：指晋代石崇所建的金谷园。
[2] 桃源：即桃花源。
[3] 鼓吹：演奏乐曲。

人在病中，百念灰冷，虽有富贵，欲享不可，反羡贫贱而健者。

是故人能于无事时常作病想。一切名利之心，自然扫去。

竹影入帘，蕉阴荫槛，故蒲团一卧，不知身在冰壶[1]鲛室[2]。

1 冰壶：盛放着冰的玉壶。比喻极为清冷之室。
2 鲛室：指龙宫，鲛人的水底居室。比喻极为清冷的房屋。

万壑松涛，乔柯飞颖[1]，风来鼓飓，谡谡[2]有秋江八月声，逍遥幽岩之下，披襟当之，不知是羲皇上人。

1 乔柯飞颖：大松树飞落松针。
2 谡谡（sù）：此处指风急的样子。

霜降木落时，入疏林深处，坐树根上，飘飘叶点衣袖，而野鸟从梢飞来窥人。荒凉之地，殊有清旷之致。

明窗之下，罗列图史琴尊[1]以自娱。有兴则泛小舟，吟啸览古于江山之间。渚茶野酿，足以消忧；莼鲈稻蟹，足以适口。又多高僧隐士，佛庙绝胜。家有园林，珍花奇石，曲沼高台，鱼鸟流连，不觉日暮。

1 尊：即樽，酒樽。

山中莳花[1]种草，足以自娱，而地朴人荒，泉石都无，丝竹绝响，奇士雅客亦不复过，未免寂寞度日。然泉石以水竹代，丝竹以莺舌蛙吹代，奇士雅客以蠹简[2]代，亦略相当。

1 莳（shi）花：栽种花草。
2 蠹简：被蠹虫毁坏了的书简。

闲中觅伴书为上，身外无求睡最安。

栽花种竹，未必果出闲人；
对酒当歌，难道便称侠士？

虚堂留烛，抄书尚存老眼；

有客到门，挥麈但说青山。

帝子[1]之望巫阳，远山过雨；

王孙[2]之别南浦，芳草连天。

1 帝子：即楚襄王，借用"巫山云雨"的典故。
2 王孙：即隐士。出自《楚辞·招隐士》："王孙游兮不归，春草生兮萋萋。"

室距桃源[1]，晨夕恒滋兰茝[2]；

门开杜[3]径，往来惟有羊裘[4]。

1 室距桃源：与下文"门开杜径"同出自卢照邻《三月曲水宴得尊字》："门开芳杜径，室距桃花源。"
2 茝（chǎi）：古书上说的一种香草。
3 杜：杜若，即杜蘅，一种香草。
4 羊裘：古代著名隐士羊裘公，此处泛指隐士。

枕长林而披史，松子为餐；

入丰草以投闲，蒲根可服。

一泓溪水柳分开，尽道清虚搅破；

三月林光花带去，莫言香分消残。

荆扉[1]昼掩，闲庭宴然，行云流水襟怀；

隐不违亲，贞[2]不绝俗，太山[3]乔岳气象。

1 荆扉：柴门。
2 贞：保持节操。
3 太山：即泰山。

窗前独榻频移，为亲夜月；

壁上一琴常挂，时拂天风。

萧斋[1]香炉书史，酒器俱捐；

北窗石枕松风[2]，茶铛将沸。

1 萧斋：萧索清冷的书斋。
2 松风：指烹茶之声，如风动松林。古代烹茶有三沸之法，松风即为第三沸。

明月可人，清风披坐，班荆问水，天涯韵士高人，下箸佐觞，品外涧毛溪蕨[1]，主之荣也。高轩塞户，肥马嘶门，命酒呼茶，声势惊神震鬼，叠筵累几，珍奇罄地穷天，客之辱也。

1 涧毛溪蕨：山涧中的野菜。

贺函伯坐径山竹里，须眉皆碧；
王长公龛杜鹃楼下，云母都红。

坐茂树以终日，濯清流以自洁。
采于山，美可茹[1]；钓于水，鲜可食。

1 茹：吃。

年年落第，春风徒泣于迁莺[1]；
处处羁游，夜雨空悲于断雁。
金壶霢润[2]，瑶管春容[3]。

1 迁莺：本义指鸟儿从山谷飞向枝头，此处比喻登第升官。
2 霢润：像细雨一样慢慢滋润。
3 春容：形容乐音悠扬洪亮。

菜甲[1]初长,过于酥酪。寒雨之夕,呼童摘取,佐酒夜谈,嗅其清馥之气,可涤胸中柴棘[2],何必纯灰三斛!

1 菜甲:蔬菜的嫩芽。
2 胸中柴棘:比喻心胸尘俗之气。

暖风春座酒,细雨夜窗棋。

秋冬之交,夜静独坐,每闻风雨潇潇,既凄然可愁,亦复悠然可喜。至酒醒灯昏之际,尤难为怀。
长亭烟柳,白发犹劳,奔走可怜名利客;
野店溪云,红尘不到,逍遥时有牧樵人。
天之赋命实同,人之自取则异。

富贵大是能俗人之物,使吾辈当之,自可不俗,然有此不俗胸襟,自可不富贵矣。

风起思莼，张季鹰之胸怀落落；
春回到柳，陶渊明之兴致翩翩。
然此二人，薄宦[1]投簪[2]，吾犹嗟其太晚。

1 薄宦：蔑视宦海，代指弃官。
2 投簪：扔掉固定冠帽所用的簪子，代指弃官。

黄花红树，春不如秋；白雪青松，冬亦胜夏。
春夏园林，秋冬山谷，一心无累，四季良辰。

听牧唱樵歌，洗尽五年尘土肠胃；
奏繁弦急管，何如一派山水清音？

孑然一身，萧然四壁，有识者当此，虽未免以冷淡成愁，断不以寂寞生悔。

从五更枕席上参看心体，心未动，情未萌，才见本来面目；
向三时饮食中谙练世味，浓不欣，淡不厌，方为切实功夫。

瓦枕石榻，得趣处，下界有仙；
木食草衣，随缘时，西方无佛。

当乐境而不能享者，毕竟是薄福之人；
当苦境而反觉甘者，方才是真修之士。

半轮新月数竿竹，千卷藏书一盏茶。

偶向水村江郭，放不系之舟[1]；
还从沙岸草桥，吹无孔之笛[2]。

[1] 不系之舟：没有缆绳拴住的船。比喻无拘无累的身躯。
[2] 无孔之笛：原谓无法吹鸣的无孔之笛，于禅林中专指禅宗悟境无法以心思或言语来表达，犹如无法吹鸣无孔笛。

物情以常无事为欢颜，世态以善托故为巧术。

善救时[1]，若和风之消酷暑；能脱俗，似淡月之映轻云。

[1] 救时：补救时弊。

廉所以惩贪，我果不贪，何必标一廉名，引来贪夫之侧目；
让所以息争，我果不争，又何必立一让名，以致暴客之弯弓？

曲高每生寡和之嫌，歌唱需求同调；
眉修[1]多取入宫[2]之妒，梳洗切莫倾城。

1 眉修：形容美丽。
2 入宫：宫女。

随缘便是遣缘，似舞蝶与飞花共适；
顺事自然无事，若满月偕盆水同圆。

耳根似飙谷[1]投响，过而不留，则是非俱谢；
心境如月池浸色，空而不着，则物我两忘。

1 飙谷：大风吹过山谷。

心事无不可对人语，则梦寐俱清；
行事无不可使人见，则饮食俱稳。

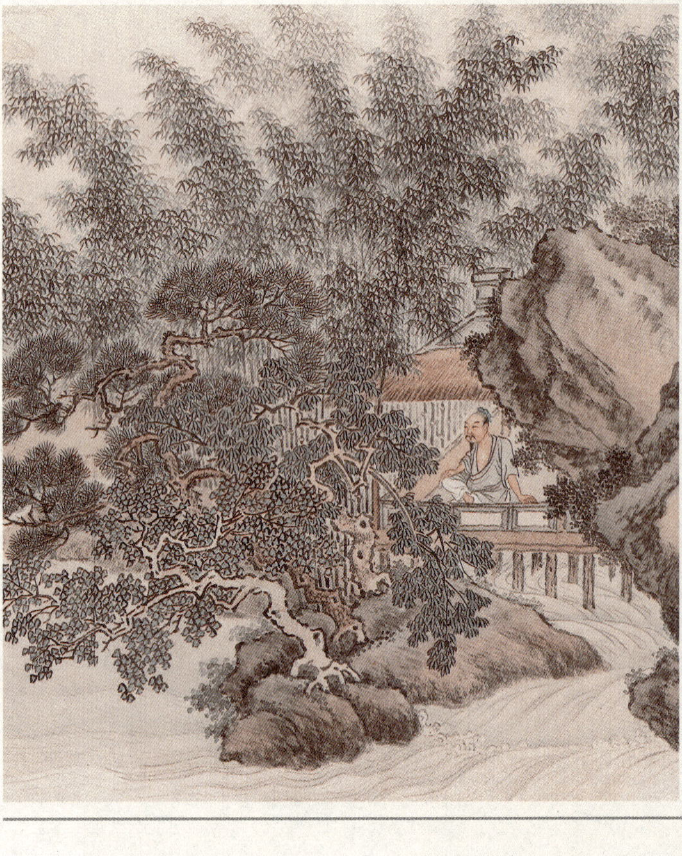

卷陆 集景

结庐松竹之间,闲云封户;徙倚青林之下,花瓣沾衣。芳草盈阶,茶烟几缕,春光满眼,黄鸟一声。此时可以诗,可以画,而正恐诗不尽言,画不尽意。而高人韵士,能以片言数语尽之者,则谓之诗可,谓之画可,则谓高人韵士之诗画亦无不可。集景第六。

花关曲折,云来不认湾头;

草径幽深,落叶但敲门扇。

细草微风,两岸晚山迎短棹[1];

垂杨残月,一江春水送行舟。

1 短棹:小船。

草色伴河桥,锦缆晓牵三竺[1]雨;

花阴连野寺,布帆晴挂六桥[2]烟。

1 三竺:指天竺山上的上天竺、中天竺、下天竺三座寺庙,合称"三天竺"。天竺山在浙江杭州灵隐山飞来峰东南。
2 六桥:指西湖苏堤上的映波、锁澜、望山、压堤、东浦、跨虹六座桥。

闲步畎亩[1]间,垂柳飘风,新秧翻浪,耕夫荷农器,长歌相应,牧童稚子,倒骑牛背,短笛无腔,吹之不休,大有野趣。

1 畎(quǎn)亩:田地。畎,田间小沟。

夜阑人静，携一童立于清溪之畔，孤鹤忽唳，鱼跃有声，清入肌骨。

垂柳小桥，纸窗竹屋，焚香燕坐[1]，手握道书一卷。客来则寻常茶具，本色清言，日暮乃归，不知马蹄[2]为何物。

> 1 燕坐：梵语，又称宴坐，闲坐，坐禅。
> 2 马蹄：比喻性情受到束缚。典故出自《庄子·马蹄》名篇。

门内有径,径欲曲;径转有屏,屏欲小;
屏进有阶,阶欲平;阶畔有花,花欲鲜;
花外有墙,墙欲低;墙内有松,松欲古;
松底有石,石欲怪;石面有亭,亭欲朴;
亭后有竹,竹欲疏;竹尽有室,室欲幽;
室旁有路,路欲分;路合有桥,桥欲危;
桥边有树,树欲高;树阴有草,草欲青;
草上有渠,渠欲细;渠引有泉,泉欲瀑;
泉去有山,山欲深:山下有屋,屋欲方;
屋角有圃,圃欲宽;圃中有鹤,鹤欲舞;
鹤报有客,客不俗;客至有酒,酒欲不却;酒行有醉,醉欲不归。

清晨林鸟争鸣,唤醒一枕春梦。
独黄鹂百舌[1],抑扬高下,最可人意。

1 百舌:鸟名,善鸣,声音多变。

高峰入云,清流见底。两岸石壁,五色交辉;青林翠竹,四时俱备;晓雾将歇,猿鸟乱鸣;日夕欲颓,沉鳞竞跃,实欲界[1]之仙都。自康乐[2]以来,未有能与其奇者。

1 欲界:佛教用语,三界之一,在色界之下,以色、食两欲炽盛得名,包括六欲天、阿修罗、人、畜生、恶鬼、地狱各道。
2 康乐:即南朝山水诗人谢灵运,因承袭祖父爵位被封为康乐公。

曲径烟深,路接杏花酒舍;
澄江日落,门通杨柳渔家。

长松怪石,去墟落不下一二十里。鸟径[1]缘崖,涉水于草莽间。数四左右,两三家相望,鸡犬之声相闻。竹篱草舍,燕处其间,兰菊艺之,霜月春风,日有余思。临水时种桃梅,儿童婢仆皆布衣短褐,以给薪水[2],酿村酒而饮之。案有诗书、庄周、太玄[3]、楚辞、黄庭[4]、阴符[5]、楞严、圆觉,[6]数十卷而已。杖藜蹑屐[7],往来穷谷大川,听流水,看激湍,鉴澄潭,步危桥,坐茂树,探幽壑,升高峰,不亦乐乎!

1 鸟径:鸟走的山路,形容十分狭窄的小道。

2 薪水:打柴汲水。

3 太玄:指西汉扬雄所著《太玄经》。

4 黄庭:相传老子所著的《黄庭经》。

5 阴符:相传黄帝所著的《阴符经》。

6 楞严、圆觉：即佛家经典《楞严经》与《圆觉经》。

7 杖藜蹑屐：拄着藜杖，穿着木屐。

天气晴朗，步出南郊野寺，沽酒饮之。半醉半醒，携僧上雨花台[1]，看长江一线，风帆摇曳，钟山[2]紫气，掩映黄屋[3]，景趣满前，应接不暇。

1 雨花台：在今江苏南京。古时寺庙众多，相传梁武帝时，云光法师在此地讲经，花如雨般落下，由此得名。

2 钟山：即紫金山。

3 黄屋：帝王宫殿。

净扫一室，用博山炉[1]爇[2]沉水香[3]，香烟缕缕，直透心窍，最令人精神凝聚。

1 博山炉：古代一种香炉，因炉盖形状与传说的海中名山博山相似得名，后用来代指名贵香炉。

2 爇（ruò）：点燃。

3 沉水香：名贵熏香，又称沉香、蜜香，以沉香木脂膏制成，入水能沉，故名。

每登高丘，步邃谷，延留燕坐，见悬崖瀑流，寿木垂萝，闭邃[1]岑寂之处，终日忘返。

1 闭（bì）邃：神秘，幽深。此处指幽静。

每遇胜日有好怀，袖手哦古人诗足矣。

青山秀水，到眼即可舒啸，何必居篱落下，然后为己物？

柴门不扃[1]，筠[2]帘半卷，梁间紫燕，呢呢喃喃，飞出飞入。山人以啸咏佐之，皆各适其性。

1 扃：关门。
2 筠：竹子的青皮。

风晨月夕，客去后，蒲团可以双跏[1]；

烟岛云林，兴来时，竹杖何妨独往。

1 跏（jiā）：佛教信徒修行时的一种坐法。盘腿坐，脚背放于大腿上。

三径[1]竹间，日华澹澹，固野客之良辰；

一偏[2]窗下，风雨潇潇，亦幽人之好景。

1 三径：代指归隐者的家园。
2 一偏：一个部分，偏于一面。

乔松十数株，修竹千余竿；青萝为墙垣，白石为鸟道；

流水周于舍下，飞泉落于檐间；绿柳白莲，罗生池砌。

时居其中，无不快心。

人冷因花寂，湖虚受雨喧。

有屋数间，有田数亩。用盆为池，以瓮为牖；墙高于肩，室大于斗。布被暖余，藜羹[1]饱后，气吐胸中，充塞宇宙；笔落人间，辉映琼玖[2]。人能知止，以退为茂；我自不出，何退之有？心无妄想，足无妄走；人无妄交，物无妄受。炎炎[3]论之，甘处其陋；绰绰言之，无出其右。羲轩之书[4]，未尝去手；尧舜之谈，未尝离口。谈中和天，同乐易[5]友；吟自在诗，饮欢喜酒。百年升平，不为不偶[6]，七十康强，不为不寿。

1 藜羹：指粗劣的饭菜。
2 琼玖：美玉，借指贤才。
3 炎炎：盛美，有气焰。出自《庄子·奇物论》："大言炎炎，小言詹詹。"
4 羲轩之书：伏羲和轩辕氏的书，借指古书。
5 易：和悦。
6 不偶：不遇，不合，引申为命运不好。

中庭蕙草[1]销雪，小苑梨花梦云。

1 蕙草：香草名。

以江湖相期，烟霞相许；付同心之雅会，托意气之良游。或闭户读书，累月不出；或登山玩水，竟日忘归。

斯贤达之素交，盖千秋之一遇。

荫映岩流之际，偃息琴书之侧。寄心松竹，取乐鱼鸟，则淡泊之愿，于是毕矣。

庭前幽花时发，披览既倦，每啜茗对之。香色撩人，吟思忽起，遂歌一古诗，以适清兴。

凡静室，须前栽碧梧，后种翠竹，前檐放步，北用暗窗，春冬闭之，以避风雨，夏秋可开，以通凉爽。

然碧梧之趣，春冬落叶，以舒负暄融和之乐，夏秋交荫，以蔽炎烁蒸烈之气，四时得宜，莫此为胜。

家有三亩园，花木郁郁。客来煮茗，谈上都[1]贵游[2]、人间可喜事，或茗寒酒冷，宾主相忘。其居与山谷相望，暇则步草径相寻。

1 上都：古代对京都的统称。
2 贵游：指无官职的王公贵族，亦泛指显贵。

良辰美景，春暖秋凉，负杖蹑履[1]，逍遥自乐，临池观鱼，披林听鸟，酌酒一杯，弹琴一曲，求数刻之乐，庶几居常以待终。

1 蹑履：穿鞋，亦指趿拉着鞋。

筑室数楹，编槿[1]为篱，结茅为亭，以三亩荫竹树栽花果，二亩种蔬菜，四壁清旷，空诸所有。蓄山童灌园薙[2]草，置二三胡床着亭下，挟书剑以伴孤寂，携琴奕以迟良友，此亦可以娱老[3]。

1 槿：木槿，落叶灌木，夏秋开花，可供观赏，兼作绿篱。
2 薙（tì）：除去杂草。
3 娱老：欢度晚年。

一径阴开，势隐蛇蟺[1]之致，云到成迷；
半阈孤悬，影回缥缈之观，星临可摘。

[1] 蟺（shàn）：蚯蚓的别名。比喻小路曲折蜿蜒的样子。

几分春色，全凭狂花疏柳安排；
一派秋容，总是红蓼白蘋[1]妆点。

[1] 红蓼白蘋：红蓼，又名狗尾巴花，多生水边，呈淡红色。白蘋，水中的浮草。

南湖水落，妆台之明月犹悬；
西郭烟销，绣榻之彩云不散。

秋竹沙中淡，寒山寺里深。

野旷天低树，江清月近人。

潭水寒生月，松风夜带秋。

春山艳冶[1]如笑,夏山苍翠如滴,
秋山明净如妆,冬山惨淡如睡。

1 艳冶:妖艳,娇艳。

眇眇[1]乎春山,淡冶[2]而欲笑;
翔翔乎空丝[3],绰约而自飞。

1 眇眇:形容高远的样子。
2 淡冶:素雅而美丽。
3 空丝:指柳树枝。

盛暑持蒲,榻铺竹下,卧读《骚》《经》,树影筛风,浓阴蔽日,丛竹蝉声,远远相续,蘧然[1]入梦。醒来命取榼[2]栉[3]发,汲石涧流泉,烹云芽一啜,觉两腋生风。徐步草玄亭,芰荷[4]出水,风送清香,鱼戏冷泉,凌波跳掷。因涉东皋[5]之上,四望溪山暑画[6],平野苍翠。激气发于林瀑,好风送之水涯,手挥麈尾,清兴洒然。不待法雨[7]凉雪,使人火宅[8]之念都冷。

1 蘧(qú)然:惊喜的样子。

2 梫（zhèn）：梳子。

3 枾：梳头。

4 菱荷：菱叶与荷叶。

5 皋：泛指高地。

6 罨（yǎn）画：色彩鲜明的图画。

7 法雨：佛教用语，指佛法。佛法如雨润泽万物般普度苍生。

8 火宅：佛教用语。比喻轮回世界中烦恼火焰炽热燃烧。

山曲小房，入园窈窕幽径，绿玉¹万竿。中汇涧水为曲池，环池竹树云石，其后平冈²逶迤，古松鳞鬣³，松下皆灌丛杂木，茑萝骈织，亭榭翼然。夜半鹤唳清远，恍如宿花坞；间闻哀猿啼啸，嘹呖⁴惊霜，初不辨其为城市为山林也。

1 绿玉：代指竹子。

2 平冈：指山脊平坦处。

3 鳞鬣：本义指龙身上的鳞片和鬣毛，这里分别喻指松树皮和松针。

4 嘹呖：声音响亮凄清。

一抹万家，烟横树色，翠树欲流，浅深间布，心目竟观，神情爽涤。

万里澄空，千峰开霁，山色如黛，风气如秋，浓阴如幕，烟光如缕，笛响如鹤唳，经飔如咿唔[1]，温言如春絮，冷语如寒冰，此景不应虚掷。

1 咿唔：象声词。吟诵的声音。

山房置古琴一张，质虽非紫琼绿玉，响不在焦尾、号钟[1]，置之石床，快作数弄。深山无人，水流花开，清绝冷绝。

1 焦尾、号钟：古代的两架名琴。焦尾，传说蔡邕在逃亡时，于烈火中抢救出一段声音异常的梧桐木，并将其制成七弦琴，琴声非凡。号钟，周代名琴，琴音如钟声激荡，如号角长鸣，威严洪亮，震耳欲聋，故名。传说伯牙曾弹奏过此琴。

密竹轶云，长林蔽日，浅翠娇青，笼烟惹湿，构数椽其间，竹树为篱，不复茸垣。中有一泓流水，清可漱齿，曲可流觞，放歌其间，离披[1]蒨郁[2]，神涤意闲。

1 离披：繁多的样子。
2 蒨郁：草茂盛的样子。

抱影寒窗，霜夜不寐，徘徊松竹下。四山月白，露坠冰柯，相与咏李白《静夜思》，便觉冷然。寒风就寝，复坐蒲团，从松端看月，煮茗佐谈，竟此夜乐。

云晴暧靆¹，石楚²流滋，狂飙忽卷，珠雨淋漓。黄昏孤灯明灭，山房清旷，意自悠然。夜半松涛惊飕，蕉园鸣琅³窾坎⁴之声，疏密间发，愁乐交集，足写幽怀。

1 暧靆（ài dài）：形容浓云闭日。
2 石楚：房柱下的石础。
3 琅：金石相击的声音。
4 窾（kuǎn）坎：水击空心物体的声音。

四林皆雪,登眺时见。絮起风中,千峰堆玉,鸦翻城角,万壑铺银。无树飘花,片片绘子瞻之壁[1];不妆散粉,点点糁原宪之羹[2]。飞霰[3]入林,回风折竹,徘徊凝览,以发奇思。画冒雪出云之势,呼松醪[4]茗饮之景,拥炉煨芋,欣然一饱,随作雪景一幅,以寄僧赏。

[1] 子瞻之壁:苏轼,字子瞻,曾在《念奴娇·赤壁怀古》中写道:"乱石穿空,惊涛拍岸,卷起千堆雪。"
[2] 原宪之羹:原宪,孔子的弟子,虽然贫穷但不追求名利,安贫乐道。
[3] 霰:空中水蒸气遇冷凝结成圆形或圆锥形白色不透明小冰粒,从天而降。多在下雪前或下雪时出现。
[4] 松醪:用松脂或松花酿制的酒。

孤帆落照中,见青山映带[1],征鸿[2]回渚,争栖竞啄,宿水鸣云,声凄夜月,秋飙萧瑟,听之黯然,遂使一夜西风,寒生露白。

[1] 映带:景色互相映衬。
[2] 征鸿:征雁,远飞的大雁。

万山深处，一泓涧水，四周削壁，石磴崭岩，丛木蓊郁，老猿穴其中，古松屈曲，高拂云巅，鹤来时栖其顶。每晴初霜旦，林寒涧肃，高猿长啸，属引[1]清风，风声鹤唳，嘹呖惊霜，闻之令人凄绝。

[1] 属引：连续不断。

春雨初霁，园林如洗，开扉闲望，见绿畴麦浪层层，与湖头烟水相映带，一派苍翠之色，或从树杪[1]流来，或自溪边吐出。支筇散步，觉数十年尘土肺肠，俱为洗净。

[1] 杪（miǎo）：树梢。

四月有新笋、新茶、新寒豆、新含桃，绿阴一片，黄鸟数声，乍晴乍雨，不暖不寒，坐间非雅非俗，半醉半醒，尔时如从鹤背飞下耳。

名从刻竹,源分渭亩之云[1];
倦以据梧,清梦郁林之石[2]。

1 渭亩之云:像云彩一样密集的竹林。这里指竹林给主人带来名声。
2 郁林之石:相传汉末陆绩任郁林太守,罢官回乡时因携带的行李太少,舟轻不能越海,取了一块大石头放在船上才渡过。人们称赞其清廉自守,故称其石为"郁林之石"。

夕阳林际,蕉叶堕地而鹿眠;
点雪炉头,茶烟飘而鹤避。

高堂客散,虚户风来,门设不关,帘钩欲下。横轩有狻猊[1]之鼎,隐几皆龙马之文,流览云端,寓观濠上。

1 狻猊(suān ní):长得像狮子的神兽。相传为龙生九子之一子,喜烟,爱坐,所以经常出现在香炉上,吞烟吐雾。

山经秋而转淡,秋入山而倍清。

山居有四法:树无行次,石无位置,屋无宏肆,心无机事。

花有喜、怒、寤、寐、晓、夕，浴花者得其候，乃为膏雨[1]。

淡云薄日，夕阳佳月，花之晓也；

狂号连雨，烈焰浓寒，花之夕也；

檀唇[2]烘日，媚体藏风，花之喜也；

晕酣[3]神敛，烟色迷离，花之愁也；

欹枝[4]困槛，如不胜风，花之梦也；

嫣然流盼，光华溢目，花之醒也。

1 膏雨：滋润作物的甘霖。
2 檀唇：指美人的红唇，此处喻指花。
3 晕酣：花瓣上的晕影色泽浓盛。
4 欹（qī）枝：花枝斜靠。

海山微茫而隐见，江山严厉而峭卓[1]，溪山窈窕而幽深，塞山童赪[2]而堆阜[3]，桂林之山绵衍庞博，江南之山峻峭巧丽。山之形色，不同如此。

1 峭卓：高峻陡直。
2 童赪：荒芜不长草木的赤色土地。童，光秃，此处指没有草木。赪，红色。
3 堆阜：小丘。

杜门避影,出山一事,不到梦寐间。春昼花阴,猿鹤饱卧,亦五云[1]之余荫。

1 五云:古人认为观察青、白、赤、黑、黄五种云色,可预测吉凶丰歉。

白云徘徊,终日不去,岩泉一支,潺湲斋中。春之昼,秋之夕,既清且幽,大得隐者之乐,惟恐一日移去。

与衲子[1]辈坐林石上,谈因果,说公案[2]。久之,松际月来,振衣而起,踏树影而归,此日便非虚度。

1 衲子:僧人,因穿衲衣而得名。
2 公案:佛教禅宗认为要用教理解决疑难问题,就像官府判案一样,所以称之为公案。

结庐人境,植杖山阿[1],林壑地之所丰,烟霞性之所适,荫丹桂,藉白茅,浊酒一杯,清琴数弄,诚足乐也。[2]

1 山阿:山中曲折处。
2 此段落摘自杜之松《答王绩书》。

辋水沦涟,与月上下;寒山远火,明灭林外,深巷小犬,吠声如豹。村虚[1]夜春,复与疏钟相间,此时独坐,童仆静默。[2]

1 虚:通"墟"。
2 此段落摘自王维《山中与裴秀才迪书》。

东风开柳眼,黄鸟骂桃奴[1]。

1 桃奴:即桃枭,经冬不落的干果子。

晴雪长松,开窗独坐,恍如身在冰壶;
斜阳芳草,携杖闲吟,信是人行图画。

小窗下修篁萧瑟,野鸟悲啼;
峭壁间醉墨淋漓,山灵呵护。

霜林之红树,秋水之白蘋。

云收便悠然共游,雨滴便泠然[1]俱清;
鸟啼便欣然有会,花落便洒然[2]有得。

1 泠然:寒凉貌,清凉貌。
2 洒然:了解,领悟。

千竿修竹,周遭半亩方塘;
一片白云,遮蔽五株垂柳。

山馆秋深,野鹤唳残清夜月;
江园春暮,杜鹃啼断落花风。

青山非僧不致[1],绿水无舟更幽;
朱门有客方尊,缁衣[2]绝粮益韵。

1 致:情趣、风度。
2 缁衣:僧尼的衣服,代指僧人。

杏花疏雨,杨柳轻风,兴到欣然独往;
村落烟横,沙滩月印,歌残倏尔言旋。

赏花酗酒，酒浮园菊方三盏；
睡醒问月，月到庭梧第二枝。
此时此兴，亦复不浅。

几点飞鸦，归来绿树；一行征雁，界破青天。

看山雨后，霁色一新，便觉青山倍秀；
玩月江中，波光千顷，顿令明月增辉。

楼台落日，山川出云。

玉树之长廊半阴，金陵之倒景犹赤。

小窗偃卧，月影到床，或逗留于梧桐，或摇乱于杨柳；
翠华扑被，神骨俱仙。及从竹里流来，如自苍云吐出。

清送素娥¹之环佩,逸移幽士之羽裳。
想思足慰于故人,清啸自纡²于良夜。

1 素娥:即嫦娥。
2 纡:苦闷。

绘雪者,不能绘其清;绘月者,不能绘其明;
绘花者,不能绘其香;绘风者,不能绘其声;
绘人者,不能绘其情。

读书宜楼,其快有五:无剥啄¹之惊,一快也;
可远眺,二快也;无湿气浸床,三快也;木末竹
颠,与鸟交语,四快也;云霞宿高檐,五快也。

1 剥啄:象声词,指敲门声。

山径幽深,十里长松引路,不倩¹金张²;
俗态纠缠,一编残卷疗人,何须卢扁³。

1 倩:借助。
2 金张:汉时金日䃅、张安世,合称"金张"。二者为汉宣帝时的权贵,其子孙后代七世荣显。后成为显宦家的代称。
3 卢扁:即扁鹊,因家在卢国,所以又称"卢扁"。

喜方外[1]之浩荡，叹人间之窘束[2]。

逢阆苑之逸客，值蓬莱之故人。

1 方外：世外，指仙境或僧道隐士所居之地。
2 窘束：约束，拘谨。

忽据梧而策杖，亦披裘而负薪。

出芝田而计亩，入桃源而问津。菊花两岸，松声一丘。叶动猿来，花惊鸟去。闻丘壑之新趣，纵江湖之旧心。

篱边杖履送僧，花须列于巾角；
石上壶觞坐客，松子落我衣裾。

远山宜秋，近山宜春，高山宜雪，平山宜月。

珠帘蔽月，翻窥窈窕之花；
绮幔藏云，恐碍扶疏[1]之柳。

1 扶疏：枝叶繁茂并向外张开。

松子为餐,蒲根可服。

烟霞润色,荃荑[1]结芳。出涧幽而泉冽,入山户而松凉。

1 荃荑:指菖蒲的嫩芽。荃,即菖蒲。荑,茅草的嫩芽。

旭日始暖，蕙草可织；园桃红点，流水碧色。

玩¹飞花之度窗，看春风之入柳；
命丽人之玉席，陈宝器于纨罗。

1 玩：欣赏，赏玩。

忽翔飞而暂隐，时凌空而更扬。
竹依窗而弄影，兰因风而送香。

风暂下而将飘，烟才高而不瞑。

悠扬绿柳，讦合浦之同归；
燎绕青霄，环五星之一气。

缛绣¹起于缇²纺，烟霞生于灌莽³。

1 缛绣：绚丽的锦绣。
2 缇：橘红色。
3 灌莽：丛生的草木。

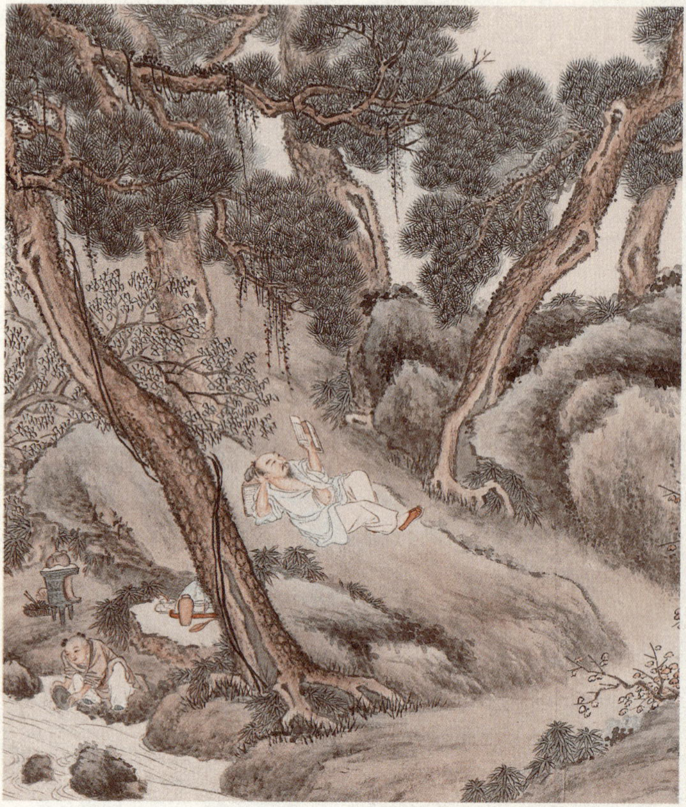

卷柒 集韵

人生斯世,不能读尽天下秘书灵笈。有目而眛,有口而哑,有耳而聋,而面上三斗俗尘,何时扫去?则韵之一字,其世人对症之药乎?虽然,今世且有焚香啜茗,清凉在口,尘俗在心,俨然自附于韵,亦何异三家村老妪,动口念阿弥,便云升天成佛也?集韵第七。

陈慥[1]家蓄数姬，每日晚藏花一枝，使诸姬射覆[2]，中者留宿，时号"花媒"。

[1] 陈慥：北宋人，字季常，自称龙丘先生，喜好交友待客，在家中蓄养歌舞妓。
[2] 射覆：一种猜物游戏，藏物于一器具下，让人猜物名；或藏物于数器具下，让人猜物之所在。

雪后寻梅，霜前访菊；
雨际护兰，风外听竹。

清斋幽闭，时时暮雨打梨花；
冷句[1]忽来，字字秋风吹木叶。

[1] 冷句：意境幽冷的字句。

多方分别，是非之窦易开；
一味圆融，人我之见不立。

春云宜山，夏云宜树，秋云宜水，冬云宜野。

清疏畅快，月色最称风光；
潇洒风流，花情何如柳态？

春夜小窗兀坐，月上木兰；有骨凌冰，怀人如玉。因想"雪满山中高士卧，月明林下美人来"[1]语，此际光景颇似。

[1] 雪满山中高士卧，月明林下美人来：出自高启《梅花九首》。

文房供具，借以快目适玩，铺叠如市，颇损雅趣，其点缀之法，罗罗清疏，方能得致。

香令人幽，酒令人远，茶令人爽，琴令人寂，棋令人闲，剑令人侠，杖令人轻，麈令人雅，月令人清，竹令人冷，花令人韵，石令人隽，雪令人旷，僧令人淡，蒲团令人野，美人令人怜，山水令人奇，书史令人博，金石鼎彝令人古。

吾斋之中，不尚虚礼。凡入此斋，均为知己；随分款留，忘形笑语；不言是非，不慕荣利；闲谈古今，静玩山水；清茶好酒，以适幽趣。臭味之交[1]，如斯而已。

1 臭味之交：志趣相投的朋友。

窗宜竹雨声，亭宜松风声，几宜洗砚声，榻宜翻书声，月宜琴声，雪宜茶声，春宜筝声，秋宜笛声，夜宜砧声。

鸡坛[1]可以益学，鹤阵[2]可以善兵。

1 鸡坛：晋代周处《风土记》："越俗性率朴，初与人交，有礼：封土坛，祭以犬鸡。"后遂以"鸡坛"为交友拜盟之典。
2 鹤阵：古战阵法名。

翻经如壁观僧，饮酒如醉道士，横琴如黄葛[1]野人，肃客[2]如碧桃渔父[3]。

1 黄葛：葛布。
2 肃客：迎接客人。
3 碧桃渔父：借用陶渊明《桃花源记》的典故。碧桃，是桃树的一种，供观赏和药用。

竹径款扉[1]，柳阴班席[2]。每当雄才之处，明月停辉，浮云驻影。退而与诸俊髦[3]西湖靓媚[4]。赖此英雄，一洗粉泽[5]。

1 款扉：叩门。
2 班席：分列席位，按次序落座。
3 俊髦：才智杰出之士。
4 靓媚：艳丽妩媚。
5 粉泽：粉黛脂泽，化妆用品。

云林[1]性嗜茶，在惠山中，用核桃、松子肉和白糖成小块如石子，置茶中，出以啖客，名曰清泉白石。

1 云林：倪瓒，字泰宇，别字元镇，号云林子、荆蛮民、幻霞子。元末明初画家，诗人。

有花皆刺眼，无月便攒眉，当场得无妒我；
花归三寸[1]管，月代五更灯，此事何可语人？

1 三寸：舌。

求校书[1]于女史[2],论慷慨于青楼。

1 校书:官名,本指校勘书籍的官员,此处特指女校书,即能诗善文的才妓。
2 女史:本是女官名,代指通晓文墨的女子。

填不满贪海,攻不破疑城。

机息便有月到风来,不必苦海人世;
心远自无车尘马迹,何须痼疾丘山[1]?

1 痼疾丘山:酷爱山水成癖。

郊中野坐,固可班荆;径里闲谈,最宜拂石。

侵云烟而独冷,移开清笑胡床;
藉竹木以成幽,撤去庄严莲坐。

幽心人似梅花,韵心士同杨柳。

情因年少，酒因境[1]多。

[1] 境：心境。

看书筑得村楼，空山曲抱；
跌坐[1]扫来花径，乱水斜穿。

[1] 跌坐：佛教徒盘腿端坐的姿势。

倦时呼鹤舞，醉后倩[1]僧扶。

[1] 倩：请。

笔床茶灶，不巾栉[1]闭户潜夫[2]；
宝轴[3]牙签[4]，少须眉下帷[5]董子[6]。

[1] 巾栉：指手巾和梳篦，引申为盥洗。
[2] 潜夫：隐者。
[3] 宝轴：精致的卷轴。代指珍贵的书籍。
[4] 牙签：由牙骨等做的签牌，用在书卷上作为标记，便于翻检。多代指书籍。
[5] 下帷：放下室内悬挂的帷幕，引申为闭门苦读。
[6] 董子：董仲舒，西汉思想家，曾下帷研究讲解经学，长达三年。

鸟衔幽梦远,只在数尺窗纱;
蛩递秋声悄,无言一龛灯火。

藉草班荆,安稳林泉之岁[1];
披裘拾穗,逍遥草泽之曜[2]。

1 岁:通"夕",指晚上。
2 曜:日光,明亮。

万绿阴中,小亭避暑;八闼[1]洞开,几簟[2]皆绿。
雨过蝉声来,花气令人醉。

1 闼:门。
2 簟:竹席。

剸犀截雁[1]之舌锋,逐日追风之脚力。

1 剸(tuán)犀截雁:利刃割断犀牛皮,快箭拦截住飞雁。此处比喻言辞犀利。

瘦影疏而漏月,香阴气而堕风。

修竹到门云里寺,流泉入袖水中人。

诗题半作逃禅[1]偈,酒价[2]都为买药钱。

[1] 逃禅:原指背离佛禅回归儒家,后亦指遁世参禅。
[2] 酒价:酒资,酒钱。

扫石月盈帚,滤泉花满筛。

流水有方能出世,名山如药可轻身。

与梅同瘦,与竹同清,与柳同眠,与桃李同笑,
居然花里神仙;
与莺同声,与燕同语,与鹤同唳,与鹦鹉同言,
如此话中知己。

栽花种竹,全凭诗格[1]取裁;
听鸟观鱼,要在酒情[2]打点[3]。

[1] 诗格:诗的体例格调。
[2] 酒情:饮酒的情趣。
[3] 打点:准备,考虑。

登山遇厉瘴，放艇遇腥风，抹竹¹遇缪丝²，修花遇醒雾³，欢场遇害马，吟席遇伧夫⁴，若斯不遇，甚于泥涂。偶集逢好花，踏歌逢明月，席地逢软草，攀磴逢疏藤，展卷逢静云，战茗逢新雨，如此相逢，逾于知己。

1 抹竹：演奏弦乐器。
2 缪丝：缠结的琴弦。
3 醒（chéng）雾：朦胧的雾。
4 伧夫：泛指粗俗、鄙贱的人。

草色遍溪桥，醉得蜻蜓春翅软；

花风通驿路，迷来蝴蝶晓魂香。

田舍儿强作馨语¹，博得俗因；

风月场插入伧父，便成恶趣。

1 馨语：指高雅的话。

诗瘦[1]到门邻病鹤,清影颇嘉;
书贫[2]经座并寒蝉,雄风顿挫。

[1] 诗瘦:此处用沈约诗瘦的典故。南朝诗人沈约,苦吟致瘦。
[2] 书贫:此处用东老书贫的典故。宋代隐士沈思,号东老,倾囊购书,安贫守道。

梅花入夜影萧疏,顿令月瘦;
柳絮当空晴恍忽,偏惹风狂。

花阴流影,散为半院舞衣;
水响飞音,听来一溪歌板[1]。

[1] 歌板:捣衣的声音。

萍花香里风清,几度渔歌;
杨柳影中月冷,数声牛笛。

谢将缥缈无归处,断浦沉云;
行到纷纭不系时,空山挂雨。

浑如花醉，潦倒何妨？绝胜柳狂，风流自赏。

春光浓似酒，花故醉人；
夜色澄如水，月来洗俗。

雨打梨花深闭门，怎生消遣？
分忖梅花自主张，着甚牢骚？

对酒当歌，四座好风随月到；
脱巾露顶，一楼新雨带云来。

浣花溪内，洗十年游子衣尘；
修竹林中，定四海良朋交籍[1]。

1 交籍：交游的名册。

人语亦语，诋其昧于钳口[1]；
人默亦默，訾[2]其短于雌黄。

1 钳口：沉默无言。
2 訾（zǐ）：说人坏话。

艳阳天气，是花皆堪酿酒；
绿阴深处，凡叶尽可题诗。

曲沼荇香浸月，未许鱼窥；
幽关松冷巢云，不劳鹤伴。

篇诗斗酒，何殊太白之丹丘[1]？
扣舷吹箫，好继东坡之赤壁[2]。

[1] 太白之丹丘：指李白的好友元丹丘。出自《将进酒》："岑夫子，丹丘生，将进酒，杯莫停。"
[2] 东坡之赤壁：指苏轼的《赤壁赋》。

获佳文易，获文友难；
获文友易，获文姬难。

茶中着料，碗中着果，譬如玉貌加脂，蛾眉着黛，翻累本色。

煎茶非漫浪[1]，要须人品与茶相得，故其法往往传于高流隐逸，有烟霞泉石磊落胸次者。

1 漫浪：放纵而无拘束。

楼前桐叶，散为一院清阴；
枕上鸟声，唤起半窗红日。

天然文锦，浪吹花港[1]之鱼；
自在笙簧，风戛[2]园林之竹。

1 花港：花港观鱼，西湖十景之一。
2 戛：刮。

高士流连花木，添清疏之致；
幽人剥啄莓苔，生淡冶之光。

松涧边携杖独往，立处云生破衲；
竹窗下枕书高卧，觉时月浸寒毡。

散履闲行，野鸟忘机时作伴；
披襟兀坐，白云无语漫相留。

客到茶烟起竹下，何嫌屐破苍苔？
诗成笔影弄花间，且喜歌飞《白雪》。

月有意而入窗，云无心而出岫。

屏绝外慕[1]，偃息长林，置理乱于不闻，托清闲而自佚[2]。松轩竹坞，酒瓮茶铛，山月溪云，农蓑渔罟[3]。

1 外慕：他求，别有喜好。
2 自佚：自图安逸。
3 渔罟（gǔ）：渔网。

怪石为实友，名琴为和友，好书为益友，奇画为观友，法帖为范友，良砚为砺友，宝镜为明友，净几为方友，古磁[1]为虚友，旧炉为熏友，纸帐为素友，拂麈为静友。

1 古磁：即古瓷。

扫径迎清风,登台邀明月,琴觞之余,间以歌咏,止许鸟语花香,来吾几榻耳。

风波尘俗,不到意中;云水淡情,常来想外。

纸帐梅花,休惊他三春清梦;
笔床茶灶,可了我半日浮生。

酒浇清苦月,诗慰寂寥花。

好梦乍回,沉心未烬,风雨如晦,竹响入床,此时兴复不浅[1]。

[1] 兴复不浅:指兴致高。

山非高峻不佳,不远城市不佳,不近林木不佳,无流泉不佳,无寺观不佳,无云雾不佳,无樵牧不佳。

一室十圭[1]，寒蛩声喑，折脚铛边，敲石无火。水月在轩，灯魂[2]未灭，揽衣独坐，如游皇古[3]。意思虚闲，世界清净，我身我心，了不可取。此一境界，名最第一。

1 一室十圭：形容空间有限和狭小。圭是古代较小的容量单位，一圭约为一升的十万分之一。
2 灯魂：灯芯。
3 皇古：上古，远古。

花枝送客蛙催鼓，竹籁喧林鸟报更，谓山史实录。

遇月夜，露坐中庭，心蕊香一炷，可号伴月香。

襟韵洒落，如晴雪秋月，尘埃不可犯。

峰峦窈窕，一拳便是名山；
花竹扶疏，半亩如同金谷。

观山水亦如读书，随其见趣高下。

名利场中羽客,人人输蔡泽[1]一筹;
烟花队里仙流,个个让焕之独步。

[1] 蔡泽:战国时期燕国人,能言善辩,曾游说诸侯。

深山高居,炉香不可缺,取老松柏之根、枝、实、叶共捣治之,研枫盷[1]羼和[2]之,每焚一丸,亦足助清苦[3]。

[1] 枫盷:枫树树脂。
[2] 羼(chàn)和:把不同东西混合到一起。
[3] 清苦:清寂幽冷。

白日羲皇世,青山绮皓[1]心。

[1] 绮皓:指商山四皓之一绮里季。秦末东园公、绮里季、夏黄公、甪里先生,四人隐居商山以躲避秦乱,皆年过八十,胡须眉毛皓白,时称"商山四皓"。

松声、涧声、山禽声、夜虫声、鹤声、琴声、棋子落声、雨滴阶声、雪洒窗声、煎茶声,皆声之至清,而读书声为最。

晓起入山，新流没岸；棋声未尽，石磬依然。

松声竹韵，不浓不淡。

何必丝与竹[1]？山水有清音。

1 丝与竹：管弦乐器。

世路中人，或图功名，或治生产，尽自正经，争奈天地间好风月、好山水、好书籍，了不相涉，岂非枉却一生！

李岩老[1]好睡，众人食罢下棋，岩老辄就枕，闻数局乃一展转，云："我始一局，君几局矣？"

1 李岩老：宋人，相传为衡山道士，与苏轼交好。

晚登秀江亭，澄波古木，使人得意于尘埃之外，盖人闲景幽，两相奇绝耳。

笔砚精良，人生一乐，徒设只觉村妆；

琴瑟在御，莫不静好，才陈便得天趣。

蔡中郎传[1]，情思逶迤；北西厢记[2]，兴致流丽。学他描神写景，必先细味沉吟，如日寄趣本头[3]，空博风流种子。

1 蔡中郎传：即元末南戏代表作《蔡伯喈琵琶记》，作者高明，温州人。
2 北西厢记：即元代杂剧《西厢记》，作者王实甫，大都人。
3 本头：文本。

夜长无赖[1]，徘徊蕉雨半窗；

日永[2]多闲，打叠桐阴一院。

1 无赖：无聊。
2 日永：夏天白昼时间长。

雨穿寒砌[1]，夜来滴破愁心；

雪洒虚窗，晓去散开清影。

1 寒砌：冰冷的台阶。

春夜宜苦吟，宜焚香读书，宜与老僧说法，以销艳思；

夏夜宜闲谈，宜临水枯坐，宜听松声冷韵，以涤烦襟；

秋夜宜豪游，宜访快士[1]，宜谈兵说剑，以除萧瑟；

冬夜宜茗战，宜酌酒说《三国》《水浒》《金瓶梅》诸集，宜箸竹肉[2]，以破孤岑。

[1] 快士：豪爽的人。
[2] 竹肉：指朽竹根上生长的菌类，又名竹菇、竹蓐。

玉之在璞，追琢则圭璋[1]；

水之发源，疏浚则川沼。

[1] 圭璋：玉制的礼器。

山以虚而受，水以实而流，读书当作如是观。

古之君子，行无友，则友松竹；居无友，则友云山。

余无友，则友古之友松竹、友云山者。

买舟载书,作无名钓徒[1]。每当草蓑[2]月冷,铁笛霜清,觉张志和[3]、陆天随[4]去人未远。

1 钓徒:渔人。
2 草蓑:草上的积雪,好像披上了一层蓑衣。
3 张志和:字子同,号玄真子、烟波钓徒,唐代大臣,后弃官归隐,其作品多描写隐逸生活。
4 陆天随:原名陆龟蒙,唐朝农学家、文学家。字鲁望,别号天随子、江湖散人、甫里先生,江苏吴县人,曾任湖州、苏州刺史幕僚,后隐居松江甫里。其诗多反映农民生活。

"今日鬓丝禅榻畔,茶烟轻飏落花风。"此趣惟白香山[1]得之。

1 白香山:白居易,号香山居士。

清姿如卧云餐雪,天地尽愧其尘污;
雅致如蕴玉含珠,日月转嫌其泄露。

焚香啜茗,自是吴中[1]习气,雨窗却不可少。

1 吴中:今江苏苏州一带。

茶取色臭俱佳，行家偏嫌味苦；

香须冲淡为雅，幽人最忌烟浓。

朱明[1]之候，绿阴满林，科头散发，箕踞白眼，坐长松下，萧骚[2]流飙，正是宜人疏散[3]之场。

1 朱明：夏季。
2 萧骚：形容风吹落叶的声音，有景色冷落之意。
3 疏散：闲散，放达不羁。

读书夜坐，钟声远闻，梵响相和，从林端来，洒洒窗几上，化作天籁虚无矣。

夏日蝉声太烦，则弄箫随其韵转；

秋冬夜声寥飒，则操琴一曲咻[1]之。

1 咻：象声词，形容喘气的声音或某些动物的叫声，这里指喧闹。

心清鉴底潇湘[1]月，骨冷禅中太华[2]秋。

1 潇湘：潇水与湘江的并称，多代指今湖南地区。
2 太华：即华山。

语鸟名花,供四时之啸咏;
清泉白石,成一世之幽怀。

扫石烹泉,舌底朝朝茶味;
开窗染翰[1],眼前处处诗题。

1 翰:毛笔。

权轻势去,何妨张雀罗于门前[1];
位高金多,自当效蛇行于郊外。
盖炎凉世态,本是常情,故人所浩叹,惟宜付之冷笑耳。

1 张雀罗于门前:巧用门可罗雀的典故,形容门庭冷清,少有宾客。

溪畔轻风,沙汀印月,独往闲行,尝喜见渔家笑傲;
松花酿酒,春水煎茶,甘心藏拙,不复问人世兴衰。

手抚长松,仰视白云,庭空鸟语,悠然自欣。

或夕阳篱落[1],或明月帘栊[2],或雨夜联榻,或竹下传觞,或青山当户,或白云可庭,于斯时也,把臂促膝,相知几人,谑语雄谈,快心千古。

[1] 篱落：篱笆。
[2] 帘栊：门窗的帘子。

疏帘清簟,销白昼惟有棋声;
幽径柴门,印苍苔只容屐齿[1]。

[1] 屐齿：指足迹。

落花慵扫,留衬苍苔,村酿新刍[1],取烧红叶。

[1] 新刍：指酒。

幽径苍苔,杜门谢客；绿阴清昼,脱帽观诗。

烟萝挂月,静听猿啼；瀑布飞虹,闲观鹤浴。

帘卷八窗,面面云峰送碧；
塘开半亩,潇潇烟水涵清。

云衲高僧,泛水登山,或可藉以点缀;如必莲座说法,则诗酒之间,自有禅趣,不敢学苦行头陀[1],以作死灰[2]。

1 头陀:佛教语,佛教苦行之一。僧人行头陀时,应遵循十二项苦行,包括穿粪扫衣(百衲衣)、常乞食、住空闲处等。如此修行的称"修头陀行者"。后来"头陀"也用来代指行脚乞食的和尚。
2 死灰:灰烬总是沉沉地躺在那边,风一吹过,也只是轻轻地扬起,而后仍死死地恢复沉寂。

遨游仙子,寒云几片束行妆;
高卧幽人,明月半床供枕簟。

落落¹者难合，一合便不可分；

欣欣者易亲，乍亲忽然成怨。

故君子之处世也，宁风霜自挟，无鱼鸟亲人。

1 落落：孤独的样子。

海内殷勤，但读停云之赋¹；

目中寥廓，徒歌明月之诗²。

1 停云之赋：指陶渊明《停云》，其序言："停云，思亲友也。"
2 明月之诗：指曹操《短歌行》，其中有"明明如月，何时可掇"一句。

生平愿无恙者四：一曰青山，一曰故人，一曰藏书，一曰名草。

闻暖语如挟纩¹，闻冷语如饮冰²，闻重语如负山，闻危语如压卵，闻温语如佩玉，闻益语如赠金。

1 挟纩：披着绵衣。
2 饮冰：形容惊慌、焦急。

旦起理花，午窗剪茶，
或裁草作字。夜卧忏罪，
令一日风流潇散之过，
不致堕落。

快欲之事，无如饥餐；适情之时，莫过甘寝。
求多于情欲，即侈汰[1]亦茫然也。

1 侈汰：指奢侈无度。

客来花外茗烟低，共销白昼；
酒到梁间歌雪绕，不负清尊[1]。

1 清尊：指酒器。

云随羽客，在琼台双阙[1]之间；
鹤唳芝田，正桐阴灵虚[2]之上。

1 琼台双阙：晋孙绰《游天台山赋》："双阙云耸以夹路，琼台中天而悬居。"琼台，山峰名。在今浙江天台山西北，其侧两峰壁立万仞，屹然相向，犹如双阙。

2 桐阴灵虚：仙境。桐阴，凤凰止息处。灵虚，即太虚，宇宙，道教谓神仙居处。

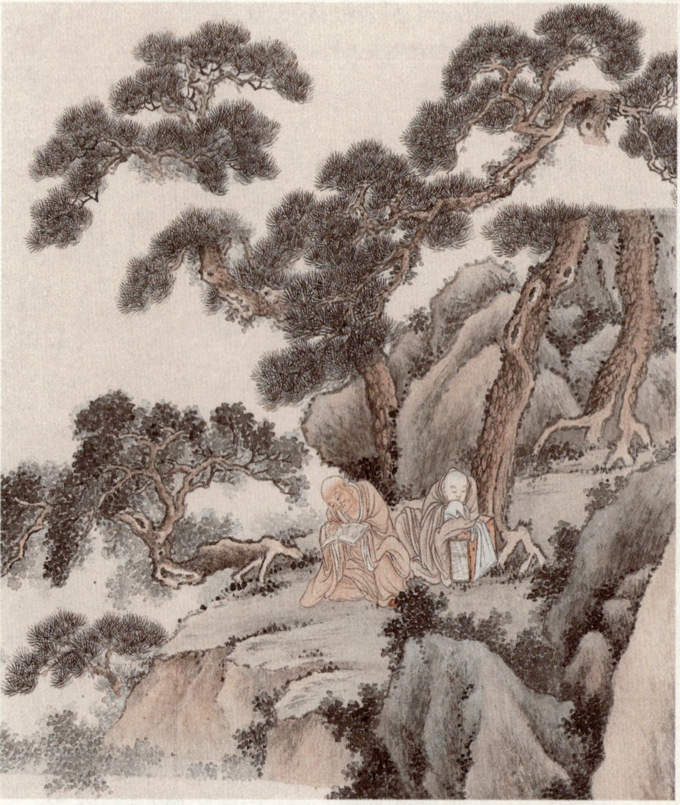

卷捌 集奇

我辈寂处窗下，视一切人世，俱若蠛蠓婴丑，不堪寓目。而有一奇文怪说，目数行下，便狂呼叫绝，令人喜，令人怒，更令人悲。低徊数过，床头短剑亦呜呜作龙虎吟，便觉人世一切不平，俱付烟水。集奇第八。

吕圣功[1]之不问朝士名，张师亮[2]之不发窃器奴，韩稚圭[3]之不易持烛兵，不独雅量过人，正是用世高手。

1 吕圣功：吕蒙正，字圣功，北宋初年宰相。居高位，有重望。年轻时就出任参知政事，曾被一朝士讥讽，同僚欲追查，吕蒙正制止，说："若一知其姓名，则终身不能复忘，故不如无知也，不问之，何损？"
2 张师亮：张齐贤，字师亮，北宋名臣。家奴盗取其银器，他发现后并没有当场戳破。
3 韩稚圭：韩琦，字稚圭，自号赣叟，北宋政治家、词人。一次韩琦在夜里读书，一个士兵站在旁边拿着蜡烛侍候，无意间烧到了他的胡须，韩琦挥袖灭火，并且没有更换侍候的士兵。

花看水影，竹看月影，美人看帘影。

佞佛若可忏罪，则刑官无权；
寻仙若可延年，则上帝无主。
达士尽其在我，至诚贵于自然。

以货财害子孙，不必操戈入室；
以学术杀后世，有如按剑伏兵。

君子不傲人以不如,不疑人以不肖¹。

1 不肖:指品行不佳。

读诸葛武侯《出师表》而不堕泪者,其人必不忠;读韩退之《祭十二郎文》¹而不堕泪者,其人必不友。

1 韩退之《祭十二郎文》:韩愈,字退之。其《祭十二郎文》被称为祭文中的"千年绝唱"。十二郎是韩愈的侄子。

世味非不浓艳,可以淡然处之。独天下之伟人与奇物,幸一见之,自不觉魄动心惊。

道上红尘,江中白浪,饶¹他南面百城²;
花间明月,松下凉风,输我北窗一枕³。

1 饶:比不上。
2 南面百城:原指尊贵至极,这里喻指统治者尊贵富有。南面,古代以坐北朝南为尊位,故用以帝王或诸侯、卿大夫之位。百城,统治百座城池,权势极盛。
3 北窗一枕:比喻悠闲自得。

立言亦何容易，必有包天、包地、包千古、包来今之识；

必有惊天惊地、惊千古、惊来今之才；

必有破天、破地、破千古、破来今之胆。

圣贤为骨，英雄为胆，日月为目，霹雳为舌。

瀑布天落，其喷也珠，其泻也练[1]，其响也琴。

1 练：白绢。

平易近人，会见神仙济度；

瞒心昧己，便有邪祟出来。

佳人飞去还奔月，

骚客狂来欲上天。

涯如沙聚，响若潮吞。

诗书乃圣贤之供案,妻妾乃屋漏[1]之史官。

1 屋漏:古时人们把房间西北隅作为安放小帐的地方。

强项者未必为穷之路,屈膝者未必为通之媒。
故铜头铁面,君子落得做个君子;
奴颜婢膝,小人枉自做了小人。

有仙骨者,月亦能飞;无真气者,形终如槁。

一世穷根,种在一捻傲骨;
千古笑端,伏于几个残牙。

石怪常疑虎,云闲却类僧。

大豪杰,舍己为人;小丈夫,因人利己。

一段世情,全凭冷眼觑破;
几番幽趣,半从热肠换来。

识尽世间好人,读尽世间好书,看尽世间好山水。

舌头无骨,得言句之总持[1];
眼里有筋,具游戏之三昧[2]。

[1] 总持:佛教用语,指坚守立场。
[2] 三昧:佛教用语,也叫三摩地,即离于邪乱、摄心不乱。此处指关键、诀要。

群居闭口,独坐防心。

当场傀儡,还我为之;
大地众生,任渠[1]笑骂。

[1] 渠:方言,他。

三徙成名[1],笑范蠡碌碌浮生,纵扁舟忘却五湖风月;
一朝解绶[2],羡渊明飘飘遗世,命巾车[3]归来满架琴书。

[1] 三徙成名:春秋时越国大夫范蠡曾在越地、齐地、陶地三地生活,司马迁将其称作"三徙""三迁"。

2 一朝解绶：陶渊明为彭泽令时，不愿"为五斗米折腰"，弃官而去。
3 巾车：有帷的车。陶渊明《归去来兮辞》："或命巾车，或棹孤舟。"

人生不得行胸怀，虽寿百岁，犹夭也。

棋能避世，睡能忘世。
棋类耦耕¹之沮溺，去一不可；
睡同御风之列子²，独往独来。

1 耦耕：二人并耕，后亦泛指农事或务农。
2 列子：名御寇，又名寇，字云，亦作圄寇，战国前期道家代表人物。

以一石一树与人者，非佳子弟。

一勺水，便具四海水¹味，世法²不必尽尝；
千江月，总是一轮月光，心珠³宜当独朗。

1 四海水：佛教用语，指世界中心须弥山周围的四大海。
2 世法：佛教用语，即世间法、世谛法，由因缘所生，可变灭毁坏。
3 心珠：喻指众生心性。众生心性本来清净，犹如明珠一般，故称。

面上扫开十层甲，眉目才无可憎；

胸中涤去数斗尘，语言方觉有味。

愁非一种，春愁则天愁地愁；

怨有千般，闺怨则人怨鬼怨。

天懒云沉，雨昏花蹙，法界[1]岂少愁云；

石颓山瘦，水枯木落，大地觉多窘况。

1 法界：佛教用语，泛指宇宙万有一切事物。

笋含禅味，喜坡仙玉版之参；

石结清盟，受米颠袍笏之辱[1]。

1 受米颠袍笏之辱：米颠即宋代大书法家米芾。有一次，米芾见巨石，状奇丑，曰："此足以当吾拜。"具衣冠拜之，呼之为兄。袍笏，古代官员上朝时穿的官服和手拿的笏板，指官员装束。

文如临画，曾至诮于昔人；

诗类书抄，竟沿流于今日。

缃绨[1]递满而改头换面，兹律[2]既湮；
缥帙[3]动盈而活剥生吞，斯风[4]亦坠。

1 缃绨（xiāng tì）：古人用浅黄色的丝织品做书套，因此用缃绨代指书籍。缃，浅黄色。绨，质地厚实的丝织品。
2 律：法则，规章。
3 缥帙（piǎo zhì）：淡青色帛做成的书衣，代指书卷。缥，淡青色。帙，书、画的封套，大多由布帛制成。
4 风：风范，精神。

先读经，后可读史；非作文，未可作诗。

俗气入骨，即吞刀刮肠，饮灰洗胃，觉俗态之益呈；
正气效灵，即刀锯在前，鼎镬[1]具后，见英风之益露。

1 鼎镬（huò）：古代的酷刑，用鼎镬烹人。

于琴得道机，于棋得兵机，于卦得神机，于药得仙机。

相禅遐思唐虞，战争大笑楚汉。
梦中蕉鹿犹真，觉后莼鲈亦幻。

世界极于大千[1]，不知大千之外更有何物；
天宫极于非想[2]，不知非想之上毕竟何穷。

1 大千：佛教语，大千世界。
2 非想：佛教用语，即非想天。

千载奇逢，无如好书良友；
一生清福，只在茗碗炉烟。

作梦则天地亦不醒，何论文章；
为客则洪蒙[1]无主人，何有章句？

1 洪蒙：指天地形成前的混沌状态。

艳出浦之轻莲，丽穿波之半月。

云气恍堆窗里岫，绝胜看山；
泉声疑泻竹间樽，贤于对酒。

杖底唯云，囊中唯月，不劳关市之讥[1]；
石笥[2]藏书，池塘洗墨，岂供山泽之税？

1 关市之讥：即关市的稽查。关市，即关下所设的交易稽查之所。
2 笥（sì）：盛饭或盛衣物的方形竹器。

有此世界，必不可无此传奇；有此传奇，乃可维此世界。

则传奇所关非小，正可借《西厢》一卷，以为风流谈资。

非穷愁不能著书，当孤愤不宜说剑。

湖山之佳，无如清晓春时。当乘月至馆，景生残夜，水映岑楼，而翠黛临阶，吹流衣袂[1]，莺声鸟韵，催起哄然。披衣步林中，则曙光薄户，明霞射几，轻风微散，海旭乍来。见沿堤春草霏霏，明媚如织，远岫朗润出林，长江浩渺无涯，岚光晴气，舒展不一，大是奇绝。

1 衣袂：衣袖。

心无机事，案有好书，饱食晏眠，时清体健，此是上界真人。

读《春秋》，在人事上见天理；
读《周易》，在天理上见人事。

则何益矣，苦战有如酒兵；
试妄言之，谈空不若说鬼。

镜花水月，若使慧眼看透；
笔彩剑光，肯教壮志销磨。

烈士须一剑，则芙蓉赤精[1]，亦不惜千金购之；
士人惟寸管[2]，映日干云之器[3]，那得不重价相索？

[1] 芙蓉赤精：古剑名。芙蓉，传说为越王勾践的佩剑。赤精，汉高祖刘邦号赤精子，此代指其斩蛇之剑。
[2] 寸管：毛笔的代称。
[3] 映日干云之器：比喻名贵的毛笔，以映日喻兔毫，干云喻竹子。

委形无寄，但教鹿豕为群；
壮志有怀，莫遣草木同朽。

哄日吐霞，吞河漱月；气开地震，声动天发。

议论先辈,毕竟没学问之人;
奖惜后生,定然关世道之寄。

贫富之交,可以情谅,鲍子所以让金;
贵贱之间,易以势移,管宁所以割席。

论名节,则缓急[1]之事小;较生死,则名节之论微。但知为饿夫以采南山之薇[2],不必为枯鱼以需西江之水[3]。

1 缓急:此处指紧迫,困难。
2 但知为饿夫以采南山之薇:指伯夷、叔齐不食周粟,采薇南山终至饿死的典故。
3 不必为枯鱼以需西江之水:《庄子·外物》记载,庄周看到车辙中有鲋鱼,鲋鱼向他求救,庄周答应了并说要汲西江的水来迎它。鲋鱼生气地说:"我得斗升之水然活耳,君乃言此,曾不如早索我于枯鱼之肆。"

儒有一亩之宫[1],自不妨草茅下贱;
士无三寸之舌,何用此土木形骸[2]。

1 一亩之宫:出自《礼记·儒行》:"儒有一亩之宫,环堵之室,筚门圭窬,蓬户瓮牖。"后因此代指寒士的简陋居处。
2 土木形骸:形体如土木般自然,形容人不加以粉饰的本来面目。

鹏为羽杰，鲲称介豪，翼遮半天，背负重霄。

"怜"之一字，吾不乐受，盖有才而徒受人怜，无用可知；

"傲"之一字，吾不敢矜，盖有才而徒以资傲，无用可知。

问近日讲章孰佳，坐一块蒲团自佳；
问吾侪严师孰尊，对一枝红烛自尊。

点破无稽不根之论，只须冷语半言；
看透阴阳颠倒之行，惟此冷眼一只。

古之钓也，以圣贤为竿，道德为纶，仁义为钩，利禄为饵，四海为池，万民为鱼。钓道微矣，非圣人其孰能之？

既稍云于清汉，亦倒影于华池。

浮云回度,开月影而弯环;

骤雨横飞,挟星精而摇动。

天台¹嵘²起,绕之以赤霞;

削成孤峙,覆之以莲花。

1 天台:山名,在今浙江天台县北。
2 嵘:高耸独立。

金河别雁¹,铜柱辞鸢²;关山天骨³,霜木凋年。

1 金河别雁:指苏武出使匈奴时瀚海雁书的典故。
2 铜柱辞鸢:指东汉名将马援南征交趾,平定叛乱,立下铜柱作为汉朝南部界标的典故。
3 关山天骨:指苏武牧羊的典故。指苏武出使匈奴被扣留十九年,去时只有十九岁,回汉已满头白发。

翻光倒影,擢菡萏¹于湖中;

舒艳腾辉,攒蝃蝀²于天畔。

照万象于晴初,散寥天于日余³。

1 菡萏(hàn dàn):荷花的别称。
2 蝃蝀(dì dōng):彩虹。
3 日余:日暮。

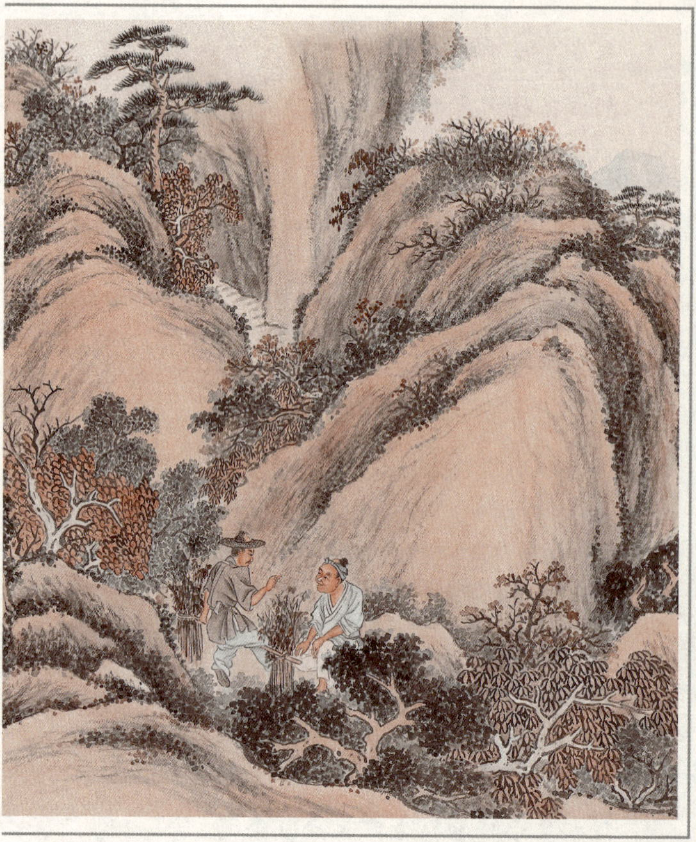

卷玖 集绮

朱楼绿幕，笑语勾别座之春；越舞吴歌，巧舌吐莲花之艳。此身如在怨脸愁眉、红妆翠袖之间，若远若近，为之黯然。嗟乎！又何怪乎身当其际者，拥玉床之翠而心迷，听伶人之奏而陨涕乎？集绮第九。

天台花好，阮郎[1]却无计再来；

巫峡云深，宋玉只有情空赋。

瞻碧云之黯黯，觅神女其何踪；

睹明月之娟娟，问嫦娥而不应。

1 阮郎：指阮肇。刘义庆《幽明录》中写到，汉明帝永平五年，会稽郡剡县刘晨、阮肇一同去天台山采药，与两位美丽的仙女相遇，被招为夫婿。半年后两人返家探亲，子孙已过代。

妆台正对书楼，隔池有影；

绣户[1]相通绮户[2]，望眼多情。

1 绣户：雕绘华美的门户，多指妇女居室。
2 绮户：彩绘雕花的门户。

莲开并蒂，影怜池上鸳鸯；

缕结同心，日丽屏间孔雀。

堂上鸣琴操，久弹乎孤凤；

邑中制锦纹，重织于双鸾。

镜想分鸾[1],琴悲别鹤[2]。

1 镜想分鸾:谓对镜想到分离的鸾鸟。借用鸾镜的典故。
2 别鹤:即乐府琴曲名《别鹤操》,相传作者为商陵牧子。牧子与妻成婚五年生五子,父兄却让他改娶他人,妻子得知半夜哭泣,牧子听到哭声悲伤而歌。后来人们用别鹤喻指离散的夫妇。

春透水波明,寒峭花枝瘦。
极目烟中百尺楼,人在楼中否?

明月当楼,高眠如避,惜哉夜光暗投;
芳树交窗,把玩无主,嗟矣红颜薄命。

鸟语听其涩时,怜娇情之未啭;
蝉声听已断处,愁孤节[1]之渐消。

1 孤节:孤独高洁的情操。古人以蝉为高洁之物,故有此慨。

断雨断云,惊魄三春蝶梦;
花开花落,悲歌一夜鹃啼。

衲子飞觞历乱,解脱于樽斝[1]之间;
钗行[2]挥翰淋漓,风神在笔墨之外。

[1] 樽斝(zūn jiǎ):樽与斝均为盛酒之器,泛指酒器。
[2] 钗行:指女人。

养纸芙蓉粉,熏衣豆蔻香。

流苏帐底,披之而夜月窥人;
玉镜台前,讽之而朝烟萦树。

风流夸坠髻[1],时世闻啼眉[2]。

[1] 坠髻:即坠马髻,古代女子的一种发髻。
[2] 啼眉:又称啼妆、啼眉妆。东汉时,女子把薄粉涂在眼睛下面,就像啼痕一样,所以得名。

新垒桃花红粉薄,隔楼芳草雪衣[1]凉。

[1] 雪衣:雪衣娘,即白鹦鹉。《明皇杂录》记载,唐朝天宝中年,岭南进献了一只白鹦鹉,非常聪慧,能听懂人语,唐明皇和杨贵妃称呼它为雪衣女,左右侍从则称呼它为雪衣娘。

李后主宫人秋水，喜簪异花，芳草拂髻鬟，尝有粉蝶聚其间，扑之不去。

濯足清流，芹香飞涧；
浣花新水，蝶粉迷波。

昔人有花中十友：桂为仙友，莲为净友，梅为清友，菊为逸友，海棠名友，荼蘼韵友，瑞香殊友，芝兰芳友，腊梅奇友，栀子禅友。

昔人有禽中五客：鸥为闲客，鹤为仙客，鹭为雪客，孔雀南客，鹦鹉陇客[1]。会花鸟之情，真是天趣活泼。

[1] 陇客：古代鹦鹉多产于陇坻（今甘肃东部），所以被称为陇客。

凤笙龙管[1]，蜀锦[2]齐纨[3]。

[1] 凤笙龙管：古代乐器。
[2] 蜀锦：蜀地生产的织锦。
[3] 齐纨：齐地生产的白色细绢。

木香盛开,把杯独坐其下,遥令青奴[1]吹笛,止留一小奚[2]侍酒,才少斟酌,便退立迎春架后。花看半开,酒饮微醉。

1 青奴:此处指青衣女仆。
2 小奚:即小奚奴,年少的男仆。

夜来月下卧醒,花影零乱,满人襟袖,疑如濯魄[1]于冰壶。

1 濯魄:洗涤魂魄。

看花步,男子当作女人;
寻花步,女人当作男子。

窗前俊石泠然[1],可代高人把臂[2];
槛外名花绰约,无烦美女分香。

1 泠然:轻妙的样子。
2 把臂:指把臂同游,即挽着胳膊同游,表示亲密。

新调初裁[1]，歌儿[2]持板[3]待的[4]；
阄题[5]方启，佳人捧砚濡毫。
绝世风流，当场豪举。

1 初裁：曲调刚谱成。
2 歌儿：歌童。
3 板：牙板，古时唱曲时打拍子的工具。
4 的：此处指被人点唱。
5 阄题：用抓阄的方式来选定题目。文人在分题赋时的一种规则。

野花艳目，不必牡丹；
村酒醉人，何须绿蚁？

石鼓池边，小草无名可斗[1]；
板桥柳外，飞花有阵[2]堪题[3]。

1 斗：指古代的游戏"斗草"，亦称"斗百草"。游戏者采各种花草，从数量、优劣上比拼。
2 飞花有阵：飞扬的花絮结成阵势。
3 题：吟咏。

桃红李白，疏篱细雨初来；
燕紫莺黄，老树斜风乍透。

窗外梅开，喜有骚人弄笛；
石边积雪，还须小妓烹茶。

高楼对月，邻女秋砧[1]；古寺闻钟，山僧晓梵[2]。

1 砧（zhēn）：有洗衣石之意，此处代指洗衣。
2 晓梵：早课。

佳人病怯[1]，不耐春寒；豪客多情，犹怜夜饮。
李太白之宝花宜障，光孟祖之狗窦堪呼。

1 病怯：病后虚弱。

古人养笔以硫黄酒，养纸以芙蓉粉，养砚以文绫盖，养墨以豹皮囊。小斋何暇及此，惟有时书以养笔，时磨以养墨，时洗以养砚，时舒卷以养纸。

芭蕉，近日则易枯，迎风则易破。
小院背阴，半掩竹窗，分外青翠。

欧公香饼，吾其熟火无烟；

颜氏隐囊，我则斗花以布。

梅额生香，已堪饮爵；草堂飞雪，更可题诗。

七种之羹[1]，呼起袁生之卧；六花之饼[2]，敢迎王子[3]之舟。

豪饮竟日，赋诗而散。佳人半醉，美女新妆。月下弹琴，石边侍酒。

烹雪之茶，果然剩有寒香；争春之馆，自是堪来花叹。

[1] 七种之羹：即七宝羹，在古代，人们在农历正月初七采集七种蔬菜，加米粉做羹。
[2] 六花之饼：指六瓣的雪花。
[3] 王子：指王徽之，字子猷，书圣王羲之的儿子。

黄鸟让其声歌，青山学其眉黛。

浅翠娇青，笼烟惹湿；

清可漱齿，曲可流觞。

风开柳眼,露浥[1]桃腮,黄鹂呼春,青鸟送雨,海棠嫩紫,芍药嫣红,宜其春也。碧荷铸钱[2],绿柳缫丝,龙孙[3]脱壳,鸠妇唤晴[4],雨骤黄梅,日蒸绿李,宜其夏也。槐阴未断,雁信初来,秋英[5]无言,晓露欲结,蓐收[6]避席,青女[7]办妆,宜其秋也。桂子风高,芦花月老,溪毛[8]碧瘦,山骨苍寒,千岩见梅,一雪欲腊,宜其冬也。

1 浥(yì):湿润。
2 碧荷铸钱:指荷叶刚长出来时,形状像钱币。
3 龙孙:笋的美称。
4 鸠妇唤晴:鸠,鹁鸠。传说阴天下雨前,雄鸠便把雌鸠赶出巢穴,天晴后呼唤雌鸠归来。因此便有俗语说:"天将雨,鸠逐妇。"
5 秋英:也称波斯菊。
6 蓐收:司秋之神。
7 青女:传说中的霜神。
8 溪毛:溪中的水藻。

风翻贝叶,绝胜北阙[1]除书[2];

水滴莲花,何似华清宫漏。

1 北阙:朝廷的别称。
2 除书:授职的文书。

画屋曲房,拥炉列坐;鞭车行酒,分队征歌;
一笑千金,樗蒲[1]百万,名妓持笺,玉儿捧砚,
淋漓挥洒,水月流虹,我醉欲眠,鼠奔鸟窜,
罗襦[2]轻解,鼻息如雷。此一境界,亦足赏心。

1 樗蒲(chū pú):亦作"摴蒲""摴蒱"。古代赌输赢、角胜负的游戏。起于汉魏,盛行于晋。
2 襦(yú):彩色丝织品。

柳花燕子,贴地欲飞,画扇练裙[1],避人欲进,
此春游第一风光也。

1 练裙:穿着白裙的佳人。

花颜缥缈,欺[1]树里之春风;
银焰荧煌[2],却城头之晓色。

1 欺:与下文中的"却"字,均指胜过。
2 荧煌:辉煌。

乌纱帽挟红袖登山,前人自多风流。

笔阵生云,词锋卷雾。

楚江巫峡半云雨,清簟疏帘看弈棋。

美丰仪人,如三春新柳,濯濯风前。

涧险无平石,山深足细泉;
短松犹百尺,少鹤已千年。

清文满篋,非惟芍药之花;
新制连篇,宁止葡萄之树。

梅花舒两岁[1]之妆,
柏叶泛三光之酒[2]。

1 两岁:指新年和旧岁。
2 柏叶泛三光之酒:指古代的风俗,因为柏树后凋,集日月星三光的精华,拿来泡酒,春节时饮用以祝长寿。

飘摇余雪,入箫管以成歌;
皎洁轻冰,对蟾光[1]而写镜。
鹤有累心[2]犹被斥,梅无高韵也遭删。

1 蟾光：月光。
2 累心：为凡心所累。

分果车中¹，毕竟借他人面孔；
捉刀床侧²，终须露自己心胸。

1 分果车中：借用潘安掷果盈车的典故。"安仁（潘安）至美，每行，老妪以果掷之，满车。"
2 捉刀床侧：借用魏武捉刀的典故。

雪滚花飞，缭绕歌楼，飘扑僧舍，点点共酒旆¹悠扬，阵阵追燕莺飞舞。
沾泥逐水，岂特可入诗料，要知色身幻影，是即风里杨花、浮生燕垒²。

1 旆（pèi）：古时末端像燕尾形状的旗子。
2 燕垒：燕巢。燕巢看似坚固，但实际上很容易坍塌。这里喻指生命的脆弱。

水绿霞红处，仙犬忽惊人，吠入桃花去。

九重仙诏，休教丹凤衔来；
一片野心，已被白云留住。

香吹梅渚千峰雪,清映冰壶百尺帘。

避客偶然抛竹屐[1],邀僧时一上花船。

1 屐:古代一种鞋。

到来都是泪,过去即成尘。
秋色生鸿雁,江声冷白苹。

斗草春风,才子愁销书带[1]翠;
采菱秋水,佳人疑动镜花香。

1 书带:即书带草,亦称麦冬、麦门冬、沿阶草。传说东汉郑玄门下用其捆绑书籍,故得名"书带草"。

竹粉[1]映琅玕[2]之碧,胜新妆流媚,曾无掩面于花宫[3];
花珠凝翡翠之盘,虽什袭[4]非珍,可免探颔于龙藏。[5]

1 竹粉:笋壳脱落时,竹节旁会附着白色粉末,被称为竹粉。
2 琅玕(láng gān):形容竹之青翠,此处借指竹。
3 花宫:传说诸天为赞叹佛说法的功德而散花如雨,所以也称佛寺为花宫。
4 什袭:把物品重重包裹起来,比喻珍藏。
5 探颔于龙藏:用龙颔下珠的典故。

因花整帽,借柳维船。

绕梦落花消雨色,一尊芳草送晴曛。

争春开宴,罢来花有欢声;
水国谈经,听去鱼多乐意。

无端泪下,三更山月老猿啼;
蓦地娇来,一月泥香新燕语。

燕子刚来,春光惹恨;雁臣甫聚,秋思惨人。

韩嫣金弹[1],误了饥寒人多少奔驰;
潘岳果车,增了少年人多少颜色。

[1] 韩嫣金弹:韩嫣,汉武帝时臣子,《西京杂记》记载:"韩嫣好弹,常以金为丸,所失者日有十馀。长安为之语曰:'苦饥寒。逐金丸。'京师儿童,每闻嫣出弹,辄随之,望丸之所落,辄拾焉。"

微风醒酒,好雨催诗,生韵生情,怀颇不恶。

苎萝村[1]里，对娇歌艳舞之山；
若耶溪[2]边，拂浓抹淡妆之水。

1 苎萝村：传说为西施的家乡。
2 若耶溪：相传是西施浣纱的地方。

春归何处，街头愁杀卖花；
客落他乡，河畔生憎折柳。

论到高华[1]，但说黄金能结客；
看来薄命，非关红袖嫩撩人。

1 高华：指门第、地位高贵者。

同气之求，惟刺平原[1]于锦绣；
同声之应，徒铸子期以黄金。

1 平原：指平原君，战国时期的赵胜。唐代李贺在《浩歌》中表达了对平原君的怀念："买丝绣作平原君，有酒惟浇赵州土。"因此"平原绣"成为典故，用来表示对人的敬仰。

胸中不平之气，说倩[1]山禽；
世上叵测之器，藏之烟柳。

1 倩：请（人代做）。

祛长夜之恶魔，女郎说剑；
销千秋之热血，学士谈禅。

论声之韵者，曰溪声、涧声、竹声、松声、山禽声、幽壑声、芭蕉雨声、落花声、落叶声，皆天地之清籁，诗坛之鼓吹也，然销魂之听，当以卖花声为第一。

石上酒花，几片湿云凝夜色；
松间人语，数声宿鸟动朝喧。

媚字极韵，但出以清致，则窈窕但见风神，附以妖娆，则做作毕露丑态。如芙蓉媚秋水，绿筱[1]媚清涟，方不着迹。

1 绿筱：绿色小竹。筱，小竹。

武士无刀兵气，书生无寒酸气，女郎无脂粉气，山人无烟霞气，僧家无香火气，换出一番世界，便为世上不可少之人。

情词之娟美,《西厢》以后,无如《玉合》[1]《紫钗》[2]《牡丹亭》[3]三传,置之案头,可以挽文思之枯涩,收神情之懒散。

[1]《玉合》:即梅鼎祚创作的《玉合记》,写韩翃与柳氏离合的故事。
[2]《紫钗》:即汤显祖创作的《紫钗记》,写李益与霍小玉的故事。
[3]《牡丹亭》:汤显祖所创,写杜丽娘与柳梦梅生死相恋的故事。

俊石贵有画意,老树贵有禅意,
韵士贵有酒意,美人贵有诗意。

红颜未老,早随桃李嫁春风;
黄卷将残,莫向桑榆怜暮景。

销魂之音,丝竹不如著肉[1],然而风月山水间,别有清魂销于清响。即子晋[2]之笙,湘灵之瑟,董双成[3]之云璈[4],犹属下乘,娇歌艳曲,不尽混乱耳根。

[1] 著肉:指喉咙里发出的声音。
[2] 子晋:王子乔,字子晋。传说他是周灵王太子,擅长吹笙,后被浮丘公带到嵩山修炼,后成仙。

3 董双成：古代神话中的西王母使女。
4 云璈：又名"云锣"，打击乐器。

风惊蟋蟀，闻织妇之鸣机；
月满蟾蜍，见天河之弄杼。

高僧筒里送信，突地天花坠落；
韵妓扇头寄画，隔江山雨飞来。

酒有难悬之色，花有独蕴之香，以此想红颜媚骨，便可得之格外。

客斋[1]使令[2]，朔七宝妆[3]，理茶具，响松风于蟹眼[4]，浮雪花于兔毫[5]。

1 客斋：客栈，客房。
2 使令：使者。
3 七宝妆：饰有多种珠宝的妆容。
4 蟹眼：煮茶时，水沸腾前，水中会出现螃蟹眼大小的小泡泡。因此古人用"蟹眼"来称呼煮茶之水沸腾前的状况。
5 兔毫：即兔毫盏，又称建盏，宋代建安出产的一种黑釉瓷茶盏，因纹理细密状如兔毫，故称。此盏专供宫廷斗茶、品茗之用。

每到日中重掠鬟,衩衣[1]骑马绕宫廊。

[1] 衩衣:下端开衩的长衣。

绝世风流,当场豪举。

世路既如此,但有肝胆向人;清议可奈何,曾无口舌造业[1]。

[1] 造业:造下恶业,惹祸。

花抽珠渐落,珠悬花更生。
风来香转散,风度焰还轻。

莹以玉琇[1],饰以金英[2];绿芰悬插,红蕖[3]倒生。

[1] 琇:像玉的美石。
[2] 金英:金色的花。
[3] 红蕖:红荷花。

浮沧海兮气浑,映青山兮色乱。

纷黄庭之靃霏[1],隐重廊之窈窕,青陆[2]至而莺啼,朱阳升而花笑。紫蒂红蕤,玉蕊苍枝。

1 靃(huò)霏:云雪烟云密布的样子。
2 青陆:月亮运行的轨迹。

视莲潭之变彩,见松院之生凉;
引惊蝉于宝瑟,宿兰燕于瑶筐[1]。

1 瑶筐:古代装首饰的盒子。

蒲团布衲,难于少时存老去之禅心;
玉剑角弓,贵于老时任少年之侠气。

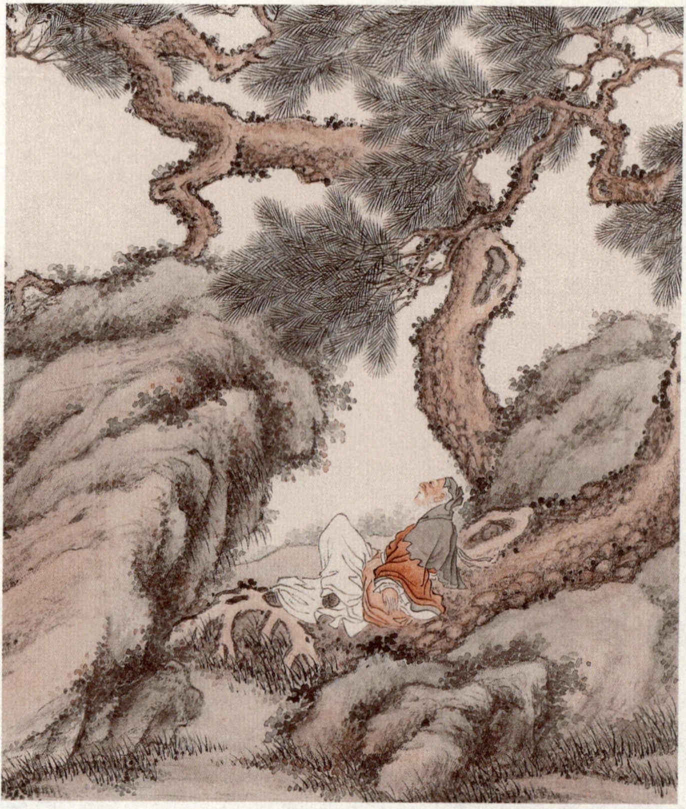

卷拾 集豪

今世矩视尺步之辈，与夫守株待兔之流，是不束缚而阱者也。宇宙寥寥，求一豪者，安得哉？家徒四壁，一掷千金，豪之胆；兴酣落笔，泼墨千言，豪之才；我才必用，黄金复来，豪之识。夫豪既不可得，而后世倜傥之士，或以一言一字写其不平，又安与沉沉故纸同为销没乎！集豪第十。

桃花马[1]上春衫,少年侠气;
贝叶斋中夜衲,老去禅心。

[1] 桃花马:白色红点的马。

岳色江声,富然胸中邱壑;
松阴花影,争残局上山河。

骥虽伏枥[1],足能千里;
鹄即垂翅,志在九霄。

[1] 伏枥:枥,马槽,也作"历"。马伏在槽上,指被驯养在栏中。

个个题诗,写不尽千秋花月;
人人作画,描不完大地江山。

慷慨之气,龙泉[1]知我;
忧煎之思,毛颖[2]解人。

[1] 龙泉:古剑名。
[2] 毛颖:毛笔。

不能用世而故为玩世，只恐遇着真英雄；
不能经世而故为欺世，只好对着假豪杰。

绿酒但倾，何妨易醉？
黄金既散，何论复来？

诗酒兴将残，剩却楼头几明月；
登临情不已，平分江上半青山。

闲行消白日，悬李贺呕字之囊；
搔首问青天，携谢朓惊人之句。

假英雄专哎[1]不鸣之剑，若尔锋芒，
遇真人而落胆；
穷豪杰惯作无米之炊，此
等作用，当大计而扬眉。

[1] 哎（xuè）：口吹物发出的细小声音。

深居远俗，尚愁移山有文[1]；

纵饮达旦，犹笑醉乡无记[2]。

1 移山有文：指南朝齐国孔稚圭所撰《北山移文》，假托山神之意，讥讽周颙热衷名利，不是真隐士。
2 醉乡无记：指唐王绩虚拟了醉乡，为之写文，创作了《醉乡记》。

风会日靡，试具宋广平[1]之石肠；

世道莫容，请收姜伯约[2]之大胆。

1 宋广平：唐玄宗时名相宋璟，字广平，耿介有大节，以刚正不阿著称于世。
2 姜伯约：姜维，字伯约，三国蜀将。蜀后主刘禅投降曹魏后，姜维假意投降，与钟会共同谋叛，失败后被杀。后人夸赞他"死时见剖，胆如斗大"。

藜床[1]半穿，管宁[2]真吾师乎；

轩冕必顾，华歆洵[3]非友也。

1 藜床：藜茎编的床榻，泛指简陋的坐榻。
2 管宁：汉末三国时期著名隐士，此两句借用管宁割席的典故。
3 洵：确实。

车尘马足之下，露出丑形；

深山穷谷之中，剩些真影。

吐虹霓之气者，贵挟风霜之色；
依日月之光者，毋怀雨露之私。

清襟凝远，卷秋江万顷之波；
妙笔纵横，挽昆仑一峰之秀。

闻鸡起舞，刘琨[1] 其壮士之雄心乎；
闻筝起舞，迦叶[2] 其开士之素心乎！

1 刘琨：字越石，西晋政治家、文学家、音乐家、军事家。闻鸡起舞典故主人公之一。
2 迦叶：佛陀十大弟子之一。佛教歌舞之神能妙音鼓琴，迦叶闻之，不堪于坐，起而舞。后文中的开士，即是菩萨的别称。

友遍天下英杰之士，读尽人间未见之书。

读书倦时须看剑，英发之气不磨；
作文苦际可歌诗，郁结之怀随畅。

交友须带三分侠气，作人要存一点素心。

栖守道德者，寂寞一时；
依阿[1]权变者，凄凉万古。

[1] 依阿：曲从顺服。

深山穷谷，能老经济才猷[1]；
绝壑断崖，难隐灵文奇字。

[1] 才猷：才能谋略。

王门之杂吹非竽，梦连魏阙[1]；
郢路[2]之飞声无调，羞向楚囚[3]。

[1] 魏阙：宫门外巍然耸立的楼观，其下常悬挂法令。多代指朝廷。
[2] 郢路：指通往郢都的路途，即重返国门之路，又喻指歌坛文场。
[3] 楚囚：指春秋时楚国郧公钟仪，他被郑国人俘虏后作为礼物送到晋国，被晋称为"楚囚"。后借指被囚禁的人，也比喻处境困迫的人。

肝胆煦若春风，虽囊乏一文，还怜茕独[1]；
气骨清如秋水，纵家徒四壁，终傲王公。

[1] 茕独：孤独没有依靠。

献策金门[1]苦未收,归心日夜水东流。

扁舟载得愁千斛,闻说君王不税愁。

[1] 献策金门:指向皇帝进言。金门,金马门,汉代的宫门名,学士献策待诏之处。

世事不堪评,拨卷神游千古上;

尘氛应可却,闭门心在万山中。

负心满天地,辜他一片热肠;

恋态自古今,悬此两只冷眼。

龙津一剑,尚作合于风雷;胸中数万甲兵,宁终老于牗下。

此中空洞原无物,何止容卿数百人。

英雄未转之雄图,假糟邱[1]为霸业;

风流不尽之余韵,托花谷[2]为深山。

[1] 糟邱:积酒糟而成丘,指沉湎于酒中。
[2] 花谷:开满花的山谷,比喻沉湎于声色。

红润口脂,花蕊乍过微雨;
翠匀眉黛,柳条徐拂轻风。

满腹有文难骂鬼,措身无地反忧天。

大丈夫居世,生当封侯,死当庙食。
不然,闲居可以养志,诗书足以自娱。

不恨我不见古人,惟恨古人不见我。

荣枯得丧,天意安排,浮云过太虚也;
用舍行藏,吾心镇定,砥柱在中流乎!

曹曾积石为仓以藏书,名曹氏石仓。

丈夫须有远图,眼孔如轮,可怪处堂燕雀[1];
豪杰宁无壮志,风棱[2]似铁,不忧当道豺狼。

1 处堂燕雀:比喻居安忘危的人。
2 风棱:指风骨。

云长[1]香火,千载遍于华夷;

坡老[2]姓字,至今口于妇孺。

意气精神,不可磨灭。

[1] 云长:关羽,字云长。
[2] 坡老:对苏轼的敬称。

据床嗒尔[1],听豪士之谈锋;

把盏惺然,看酒人之醉态。

[1] 嗒尔:嗒然,聚精会神的样子。形容物我两忘。

登高眺远,吊古寻幽。广胸中之丘壑,游物外之文章。

雪霁清境,发于梦想。此间但有荒山大江,修竹古木。

每饮村酒后,曳杖放脚[1],不知远近,亦旷然天真。

[1] 放脚:放开脚步行走。

须眉之士在世，宁使乡里小儿怒骂，不当使乡里小儿见怜。

胡宗宪[1]读《汉书》，至终军请缨[2]事，乃起拍案曰："男儿双脚当从此处插入，其他皆狼藉耳。"

1 胡宗宪：字汝钦、汝贞，号梅林，明代著名贤臣。
2 终军请缨：终军，汉武帝的谏议大夫。南越王造反，终军请缨曰："愿受长缨，必羁南越王而致之阙下。"

宋海翁[1]才高嗜酒，睥睨当世。忽乘醉泛舟海上，仰天大笑，曰："吾七尺之躯，岂世间凡士所能贮？合以大海葬之耳！"遂按波而入。

1 宋海翁：宋登春，字应元，号海翁，明朝文人，性格多奇。

王仲祖[1]有好形仪，每览镜自照，曰："王文开那生宁馨儿[2]。"

1 王仲祖：王濛，字仲祖，东晋名士、大臣。
2 宁馨儿：出自《晋书·王衍传》："何物老妪，生宁馨儿！"意为这样的孩子，用来赞美孩子。

毛澄[1]七岁善属对[2]，诸喜之者赠以金钱。归掷之曰："吾犹薄苏秦斗大，安事此邓通[3]靡靡？"

1 毛澄：字宪清，号白斋，明朝重臣。
2 属对：对对子。
3 邓通：汉朝官员，为汉文帝宠幸，汉文帝允其铸钱，广开铜矿，制"邓通钱"，富可敌国。

梁公实[1]荐一士于李于麟[2]，士欲以谢梁，曰："吾有长生术，不惜为公授。"梁曰："吾名在天地间，只恐盛着不了，安用长生！"

1 梁公实：梁有誉，字公实，世称"梁比部"，明代文学家。
2 李于麟：李攀龙，字于麟，号沧溟，明代著名文学家。

吴正子穷居一室，门环流水，跨木而渡，渡毕即抽之。人问故，笑曰："土舟浅小，恐不胜富贵人来踏耳。"

吾有目有足，山川风月，吾所能到，我便是山川风月主人。

大丈夫当雄飞,安能雌伏?

青莲登华山落雁峰,曰:"呼吸之气,想通帝座[1]。恨不携谢朓[2]惊人之诗来,搔首问青天耳。"

1 帝座:天帝的宝座。
2 谢朓:南齐诗人。

志欲枭逆虏,枕戈待旦,常恐祖生[1],先我着鞭。

1 祖生:指东晋名将祖逖。匈奴等南下占领黄河流域,祖逖率部北伐,誓复中原。所辖军队纪律严明,得沿途百姓拥护,收复黄河以南地区。但由于东晋官僚内部争权夺利,无心北伐,不支持他,最终北伐失败,忧愤而死。后世诗文常用此典故,称其为祖生。

旨言不显,经济多托之工瞽[1]刍荛[2];
高踪不落[3],英雄常混之渔樵耕牧。

1 工瞽(gǔ):古代乐官。瞽,乐官。
2 刍荛(chú ráo):樵夫。刍,割草。荛,打柴。
3 不落:不落俗套。

高言成啸虎之风,豪举破涌山之浪。

立言者，未必即成千古之业，吾取其有千古之心；
好客者，未必即尽四海之交，吾取其有四海之愿。

管城子¹无食肉相，世人皮相何为？
孔方兄²有绝交书，今日盟交安在？

1 管城子：毛笔。韩愈作寓言《毛颖传》，称笔为管城子。后以"管城子"为毛笔的别称。
2 孔方兄：铜钱。古代铜钱外圆内孔方形。古代的铜钱在铸造时，为了方便细加工，常将铜钱穿在一根棒上。为了使铜钱在加工时不乱转，还将铜钱当中开成方孔。后来人们就称钱为"孔方兄"。

襟怀贵疏朗，不宜太逞豪华；
文字要雄奇，不宜故求寂寞。

悬榻¹待贤士，岂曰交情已乎？
投辖²留好宾，不过酒兴而已。

1 悬榻：《后汉书·徐稚传》："蕃（陈蕃）在郡不接宾客，唯稚来特设一榻，去则县之。"后以"悬榻"喻礼待贤士。
2 投辖：《汉书·陈遵传》："遵耆酒，每大饮，宾客满堂，辄关门，取客车辖投井中，虽有急，终不得去。"辖，车轴两端的键，去之则车不能行进。后以"投辖"指殷勤留客。

才以气雄，品由心定。

为文而欲一世之人好，吾悲其为文；
为人而欲一世之人好，吾悲其为人。

济笔海则为舟航，骋文囿[1]则为羽翼。

1 文囿（yòu）：指文学之士。

胸中无三万卷书，眼中无天下奇山川，未必能文。纵能，亦无豪杰语耳。

山厨失斧，断之以剑；客到无枕，解琴自供。盥盆溃散，磬为注洗；盖不暖足，覆之以裘。

孟宗[1]少游学，其母制十二幅被，以招贤士共卧，庶得闻君子之言。

1 孟宗：孟仁，本名孟宗，字恭武，三国时期吴国大臣，《二十四孝》之一"哭竹生笋"主人公。

张烟雾于海际,耀光景于河渚;乘天梁¹而浩荡,叫帝阍²而延伫³。

1 天梁:天梁星,星宿名。
2 帝阍(hūn):天门,天帝的宫门。
3 延伫:久立;久留。

声誉可尽,江天不可尽;

丹青可穷,山色不可穷。

闻秋空鹤唳,令人逸骨仙仙;

看海上龙腾,觉我壮心勃勃。

明月在天,秋声在树,珠箔¹卷啸倚高楼;

苍苔在地,春酒在壶,玉山颓醉眠芳草。

1 珠箔:珠帘。

胸中自是奇，乘风破浪，平吞万顷苍茫；
脚底由来阔，历险穷幽，飞度千寻香霭[1]。

1 香霭：云气。

松风涧雨，九霄外声闻环佩，清我吟魂；
海市蜃楼，万水中一幅画图，供吾醉眼。

每从白门[1]归，见江山逶迤，草木苍郁，人常言佳，我觉是别离人肠中一段酸楚气耳。

1 白门：六朝都城建康（今南京）宣阳门的俗称，旧时南京的别称。

人每诮余腕中有鬼，余谓：鬼自无端入吾腕中，吾腕中未尝有鬼也。
人每责余目中无人，余谓：人自不屑入吾目中，吾目中未尝无人也。

天下无不虚之山，惟虚故高而易峻；
天下无不实之水，惟实故留而不竭。

放不出憎人面孔，落在酒杯；

丢不下怜世心肠，寄之诗句。

春到十千美酒[1]，为花洗妆[2]；

夜来一片名香，与月熏魄。

1 十千美酒：谓每斗酒价值十千文钱，言其名贵。
2 为花洗妆：典故出自唐冯贽《云仙杂记·为梨花洗妆》："洛阳梨花时，人多携酒其下，曰：为梨花洗妆。"

忍到熟处则忧患消，淡到真时则天地赘。

醺醺[1]熟读《离骚》，孝伯[2]外敢曰并皆名士？

碌碌常承色笑，阿奴辈果然尽是佳儿。

1 醺醺：酣醉的样子。
2 孝伯：东晋王恭，字孝伯。少时才华过人，节操高尚，有宰辅之望。起初为著作佐郎，后升迁至吏部郎。太元年间，历任丹阳尹、中书令，后领太子詹事，深受孝武帝器重。

剑雄万敌，笔扫千军。

飞禽铩翮[1]，犹爱惜乎羽毛；
志士捐生，终不忘乎老骥。

1 铩翮（shā hé）：铩羽，翅膀伤残。

敢于世上放开眼，不向人间浪皱眉。

缥缈孤鸿，影来窗际，开户从之，明月入怀，花枝零乱，朗吟"枫落吴江冷"[1]之句，令人凄绝。

1 枫落吴江冷：指唐朝诗人崔信明的孤句"枫落吴江冷"。

云破月窥花好处，夜深花睡月明中。

三春花鸟犹堪赏，千古文章只自知。
文章自是堪千古，花鸟三春只几时？

士大夫胸中无三斗墨，何以运管城？然恐酝酿宿陈，出之无光泽耳。

攫金于市者，见金而不见人；

剖身藏珠者，爱珠而忘自爱。

与夫决性命以饕[1]富贵，纵嗜欲以损生者何异？

1 饕：贪图。

说不尽山水好景，但付沉吟；

当不起世态炎凉，惟有闭户。

杀得人者，方能生人。有恩者，必然有怨。

若使不阴不阳，随世波靡[1]，肉菩萨[2]出世，于世何补，此生何用。

1 波靡（bō mí）：随波逐流，顺风而倒。比喻胸无定见。
2 肉菩萨：即菩萨的肉身。

李太白云："天生我才必有用，千金散尽还复来。"

杜少陵云："为人性僻耽佳句，语不惊人死不休。"

豪杰不可不解此语。

天下固有父兄不能囿[1]之豪杰，必无师友不可化之愚蒙[2]。

1 囿：局限，拘泥。
2 愚蒙：愚昧不明。

谐友于天伦之外，元章呼石为兄；
奔走于世途之中，庄生喻尘以马[1]。

1 庄生喻尘以马：典出自《庄子·逍遥游》："野马也，尘埃也。"庄生，即庄周。

词人半肩行李，收拾秋水春云；
深宫一世梳妆，恼乱晚花新柳。

得意不必人知，兴来书自圣；
纵口何关世议，醉后语犹颠。

英雄尚不肯以一身受天公之颠倒，吾辈奈何以一身受世人之提掇[1]？是堪指发，未可低眉。

1 提掇：提携，挈带。

能为世必不可少之人，能为人必不可及之事，则庶几此生不虚。

儿女情，英雄气，并行不悖；
或柔肠，或侠骨，总是吾徒。

上马横槊[1]，下马作赋，自是英雄本色；
熟读《离骚》，痛饮浊酒，果然名士风流。

1 横槊：横持长矛，指从军或习武。

诗狂空古今，
酒狂空天地。

处世当于热地思冷，
出世当于冷地求热。

我辈腹中之气，亦不可少，要不必用耳。
若蜜口，真妇人事哉。

办大事者，匪独以意气胜，盖亦其智略绝也。故负气雄行，力足以折公侯；出奇制算，事足以骇耳目。如此人者，俱千古矣，嗟嗟！今世徒虚语耳。

说剑谈兵，今生恨少封侯骨[1]；
登高对酒，此日休吟烈士歌。

1 封侯骨：封侯的骨相。

身许为知己死,一剑夷门[1],到今侠骨香仍古;
腰不为督邮折,五斗彭泽[2],从古高风清至今。

1 夷门:指战国魏都大梁侯生(嬴),年七十尚为夷门守门小吏,信陵君奉为上宾。此借用侯生与信陵君的典故。
2 五斗彭泽:此处借用陶渊明的典故,他在做彭泽县令时,不为五斗米折腰,弃官归田。

剑击秋风,四壁如闻鬼啸;
琴弹夜月,空山引动猿号。

壮志愤懑难消,高人情深一往。

先达笑弹冠,休向侯门轻曳裾;
相知犹按剑,莫从世路暗投珠。

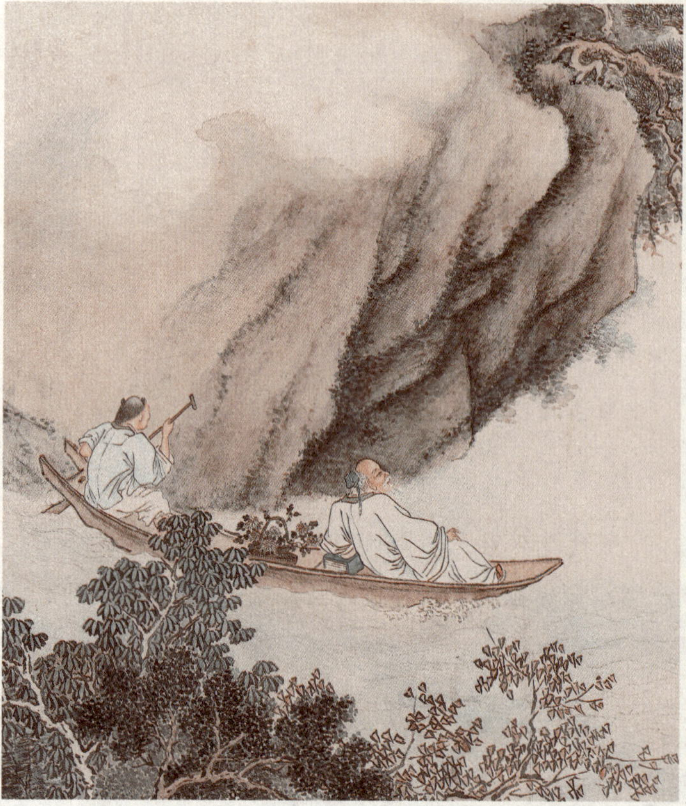

卷拾壹 集法

自方袍幅巾之态，遍满天下，而超脱颖绝之士，遂以同污合流矫之，而世道不古矣。夫迂腐者，既泥于法，而超脱者又越于法，然则士君子亦不偏不倚，期无所泥越则已矣，何必方袍幅巾，作此迂态耶！集法第十一。

世无乏才之世，以通天达地之精神，而辅之以拔十得五¹之法眼²。

1 拔十得五：指选拔人才的方法。
2 法眼：佛教语，指照见一切法门的眼力，能发掘事物真相的眼力，泛指精深的眼力。

一心可以交万友，二心不可以交一友。

凡事，留不尽之意则机圆；
凡物，留不尽之意则用裕；
凡情，留不尽之意则味深；
凡言，留不尽之意则致远；
凡兴，留不尽之意则趣多；
凡才，留不尽之意则神满。

有世法，有世缘，有世情。
缘非情，则易断；情非法，则易流。

世多理所难必之事，莫执宋人道学；
世多情所难通之事，莫说晋人风流。

与其以衣冠误国，不若以布衣关世；
与其以林下而矜冠裳，不若以廊庙而标泉石。

眼界愈大，心肠愈小；
地位愈高，举止愈卑。

少年人要心忙，忙则摄浮气；
老年人要心闲，闲则乐余年。

晋人清谈，宋人理学，
以晋人遣俗，以宋人禔躬[1]，
合之双美，分之两伤也。

1 禔躬：安定修身。

莫行心上过不去事，莫存事上行不去心。

忙处事为，常向闲中先检点；
动时念想，预从静里密操持。

青天白日处节义，自暗室屋漏[1]处培来；
旋转乾坤的经纶，自临深履薄[2]处操出。

[1] 暗室屋漏：形容处无人之地，恒存敬畏之心。
[2] 临深履薄：形容危惕不安。出自《诗经·小旻》："如临深渊，如履薄冰。"

以积货财之心积学问，以求功名之念求道德，
以爱子女之心爱父母，以保爵位之策保国家。

才智英敏者，宜以学问摄其躁；
气节激昂者，当以德性融其偏。

何以下达[1]？惟有饰非；
何以上达[2]？无如改过。

[1] 下达：指追求财利，出自《论语·宪问》："君子上达，小人下达。"
[2] 上达：指追求仁义道德。

一点不忍的念头，是生民生物之根芽；
一段不为的气象，是撑天撑地之柱石。

君子对青天而惧,闻雷霆而不惊;
履平地而恐,涉风波而不疑。

不可乘喜而轻诺,不可因醉而生嗔;
不可乘快而多事,不可因倦而鲜终。

意防虑如拨,口防言如遏,
身防染如夺,行防过如割。

白沙在泥,与之俱黑,渐染之习久矣;
他山之石,可以攻玉,切磋之力大焉。

后生辈胸中落"意气"两字,
有以趣胜者,有以味胜者。
然宁饶于味,而无饶于趣。

芳树不用买,韶光贫可支。

寡思虑以养神，剪欲色以养精，靖¹言语以养气。

立身高一步方超达，处世退一步方安乐。

1 靖：平定，止息。

救既败之事者，如驭临崖之马，休轻策一鞭；
图垂成之功者，如挽上滩之舟，莫少停一棹。

是非邪正之交，少迁就则失从违之正¹；
利害得失之会，太分明则起趋避之私。

1 从违之正：遵从和违反的原则。

事系幽隐¹，要思回护他，着不得一点攻讦²的念头；
人属寒微，要思矜礼他，着不得一毫傲睨³的气象。

1 幽隐：指秘闻隐私。
2 攻讦（jié）：对别人的过错和隐私加以攻击。
3 傲睨：傲慢斜视，骄傲。

毋以小嫌而疏至戚[1]，勿以新怨而忘旧恩。

1 至戚：最亲近的亲属。

礼义廉耻，可以律己，不可以绳人。
律己则寡过，绳人则寡合。

凡事韬晦，不独益己，抑且益人；
凡事表暴，不独损人，抑且损己。

觉人之诈，不形于言；受人之侮，不动于色。
此中有无穷意味，亦有无穷受用。

爵位不宜太盛，太盛则危；
能事[1]不宜尽毕，尽毕则衰。

1 能事：擅长的本事。

遇故旧之交，意气要愈新；
处隐微之事，心迹宜愈显；
待衰朽之人，恩礼要愈隆。

用人不宜刻，刻则思效者去；
交友不宜滥，滥则贡谀者来。

忧勤是美德，太苦则无以适性怡情；
澹泊是高风，太枯则无以济人利物。

作人要脱俗，不可存一矫俗之心；
应世要随时，不可起一超时之念。

从师延名士，鲜垂教之实益；
为徒攀高弟，少受诲之真心。

男子有德便是才，
女子无才便是德。

病中之趣味，不可不尝；
穷途之景界，不可不历。

才人国士，既负不群之才，定负不羁之行，是以才稍压众则忌心生，行稍违时则侧目至。死后声名，空誉墓中之骸骨；穷途潦倒，谁怜宫外之蛾眉。

贵人之交贫士也，骄色易露；
贫士之交贵人也，傲骨当存。

君子处身，宁人负己，己无负人；
小人处事，宁己负人，无人负己。

砚神曰淬妃，墨神曰回氏，纸神曰尚卿，笔神曰昌化，又曰佩阿。

要治世，半部《论语》；
要出世，一卷《南华》。

祸莫大于纵己之欲，恶莫大于言人之非。

求见知于人世易，求真知于自己难；
求粉饰于耳目易，求无愧于隐微难。

圣人之言，须常将来眼头过、口头转、心头运。

与其巧持于末，不若拙戒于初。

君子有三惜：此生不学，一可惜；此日闲过，二可惜；此身一败，三可惜。

昼观诸妻子，夜卜诸梦寐，两者无愧，始可言学。

士大夫三日不读书，则礼义不交，便觉面目可憎，语言无味。

与其密面交[1]，不若亲谅友[2]；

与其施新恩，不若还旧债。

1 面交：非真心相交的朋友。
2 谅友：诚实的朋友。

士人当使王公闻名多而识面少，宁使王公讶其不来，毋使王公厌其不去。

见人有得意事，便当生忻[1]喜心；

见人有失意事，便当生怜悯心。

皆自己真实受用处。忌成乐败，徒自坏心术[2]耳。

1 忻：同"欣"。
2 心术：内心，居心。

恩重难酬，名高难称。

待客之礼当存古意，止一鸡一黍，酒数行，食饭而罢，以此为法。

处心不可著,著则偏;
作事不可尽,尽则穷。

士人所贵,节行为大。
轩冕失之,有时而复来;
节行失之,终身不可得矣。

势不可倚尽,言不可道尽,福不可享尽,事不可处尽,意味偏长。

静坐然后知平日之气浮,宁默然后知平日之言躁,省事然后知平日之心忙,闭户然后知平日之交滥,寡欲然后知平日之病多,近情然后知平日之念刻。

喜时之言多失信,怒时之言多失体。

泛交则多费[1],多费则多营,
多营则多求,多求则多辱。

1 费:耗费资财。

一字不可不与人，一言不可轻语人，一笑不可轻假人。

正以处心，廉以律己，忠以事君，恭以事长，信以接物，宽以待下，敬以洽事，此居官之七要也。

圣人成大事业者，从战战兢兢之小心来。

酒人舌出，舌出言失，言失身弃。余以为弃身，不如弃酒。

青天白日，和风庆云，不特人多喜色，即鸟鹊且有好音。若暴风怒雨，疾雷幽电，鸟亦投林，人皆闭户。故君子以太和元气[1]为主。

1 太和元气：古代指阴阳冲和的元气。

胸中落"意气"两字，则交游定不得力；落"骚雅"[1]二字，则读书定不深心。

1 骚雅：指《离骚》和《诗经》中的《大雅》《小雅》。

交友之先宜察，交友之后宜信。

惟俭可以助廉，惟恕可以成德。

惟书不问贵贱贫富老少，

观书一卷，则增一卷之益；

观书一日，则有一日之益。

坦易其心胸，率真其笑语[1]，

疏野[2]其礼数，简少[3]其交游。

1 笑语：谈笑，说笑。
2 疏野：放纵不羁。
3 简少：稀少，减少。

好丑不可太明，议论不可务尽，

情势不可殚竭[1]，好恶不可骤施。

1 殚竭：用尽，竭尽。

不风之波，开眼之梦，皆能增进道心。

开口讥诮人，是轻薄第一件，不惟丧德，亦足丧身。

人之恩可念不可忘，人之仇可忘不可念。

不能受言者，不可轻与一言，此是善交法。

君子于人，当于有过中求无过，不当于无过中求有过。

我能容人，人在我范围，报之在我，不报在我；
人若容我，我在人范围，不报不知，报之不知。
自重者然后人重，人轻者由我自轻。

高明性多疏脱，须学精严；
狷介[1]常苦迂拘[2]，当思圆转。

[1] 狷介：高洁正直，不与世俗合污。
[2] 迂拘：不切实际且保守，墨守成规，迂腐，不变通。

欲做精金美玉的人品，定从烈火锻来；
思立揭地掀天的事功，须向薄冰履过。

性不可纵，怒不可留，语不可激，饮不可过。

能轻富贵，不能轻一轻富贵之心，能重名义，又复重一重名义之念，是事境之尘氛未扫，而心境之芥蒂未忘。此处拔除不净，恐石去而草复生矣。

纷扰固溺志之场，而枯寂亦槁[1]心之地，故学者当栖心玄默[2]，以宁吾真体，亦当适志恬愉，以养吾圆机[3]。

1 槁：枯干。
2 玄默：沉静不语，清静无为。
3 圆机：比喻圆通机变，不为外物羁绊。

待小人不难于严，而难于不恶；
待君子不难于恭，而难于有体。

市私恩，不如扶公议；结新知，不如敦旧好；
立荣名，不如种隐德；尚奇节，不如谨庸行。

有一念而犯鬼神之忌，一言而伤天地之和，一事而酿子孙之祸者，最宜切戒。

不实心，不成事；不虚心，不知事。

老成人受病[1]，在作意[2]步趋；
少年人受病，在假意超脱。

1 受病：受到诟病。
2 作意：集中注意，刻意。

为善有表里始终之异，不过假好人；
为恶无表里始终之异，倒是硬汉子。

入心处咫尺玄门[1]，得意时千古快事。

1 入心处咫尺玄门：进入心灵深处，那么距离高深的境界就近在咫尺。典故出自《世说新语·言语》："刘尹与桓宣武共听讲《礼记》，桓云：'时有入心处，便觉咫尺玄门。'"

《水浒传》何所不有,却无破老[1]一事,非关缺陷,恰是酒肉汉本色。如此益知作者之妙。

1 破老:毁坏老成人。

世间会计便宜人,必是吃过亏者。

书是同人,每读一篇,自觉寝食有味;
佛为老友,但窥半偈,转思前境真空。

衣垢不澣[1],器缺不补,对人犹有惭色;
行垢不澣,德缺不补,对天岂无愧心!

1 澣:清洗。

天地俱不醒,
落得昏沉醉梦;
洪蒙率是客,
枉寻寥廓主人。

老成人[1]必典必则[2],半步可规[3];
气闷人不吐不茹[4],一时难对[5]。

1 老成人:品德忠厚,且为人处世老成持重的人。
2 必典必则:一定遵从典章制度。
3 规:合规。
4 不吐不茹:不吞不吐,沉默不语。
5 对:应对。

重友者,交时极难,看得难,以故转重;
轻友者,交时极易,看得易,以故转轻。

近以静事而约己,远以惜福而延生。

掩户焚香,清福已具。如无福者,定生他想。更有福者,辅以读书。

国家用人,犹农家积粟。粟积于丰年,乃可济饥;才储于平时,乃可济用。

考人品,要在五伦[1]上见。此处得,则小过不足疵;此处失,则众长不足录。

1 五伦:指中国古代的五种人伦关系和行为准则,即君臣、父子、兄弟、夫妇、朋友五种关系,对应的是忠、孝、悌、忍、善的准则。

国家尊名节,奖恬退[1],虽一时未见其效,然当患难仓卒[2]之际,终赖其用。如禄山之乱,河北二十四郡皆望风奔溃,而抗节不挠者,止一颜真卿,明皇初不识其人。则所谓名节者,亦未尝不自恬退中得来也,故奖恬退者,乃所以励名节。

1 恬退:淡泊,谦让,不争不抢。
2 仓卒:亦作"仓猝"。匆忙急迫。

志不可一日坠,心不可一日放。

辩不如讷,语不如默,动不如静,忙不如闲。

以无累[1]之神,
合有道之器[2],
宫商[3]暂离,
不可得已。

1 无累：无所挂碍。
2 有道之器：有才情美德的乐器。
3 宫商：原指五音中的宫商二音，后泛指音乐、旋律。

精神清旺，境境都有会心；
志气昏愚，处处俱成梦幻。

酒能乱性，佛家戒之；酒能养气，仙家饮之。
余于无酒时学佛，有酒时学仙。

烈士不馁[1]，正气以饱其腹；

清士不寒，青史以暖其躬；

义士不死，天君[2]以生其骸。

总之手悬胸中之日月，以任世上之风波。

1 馁：饥饿。
2 天君：即心。出自《荀子·天论》："心居中虚，以治五官，夫是之谓天君。"此谓民心。

孟郊有句云："青山辗为尘，白日无闲人。"

于邺[1]云："白日若不落，红尘应更深。"

又云："如逢幽隐处，似遇独醒人。"

王维云："行到水穷处，坐看云起时。"

又云："明月松间照，清泉石上流。"

皎然[2]云:"少时不见山,便觉无奇趣。"

每一吟讽[3],逸思翩翩。

1 于邺:字武陵,唐代诗人,擅长五言诗。
2 皎然:俗姓谢,字清昼,谢灵运后裔,唐代著名诗人、茶僧。
3 吟讽:有节奏地诵读诗歌。

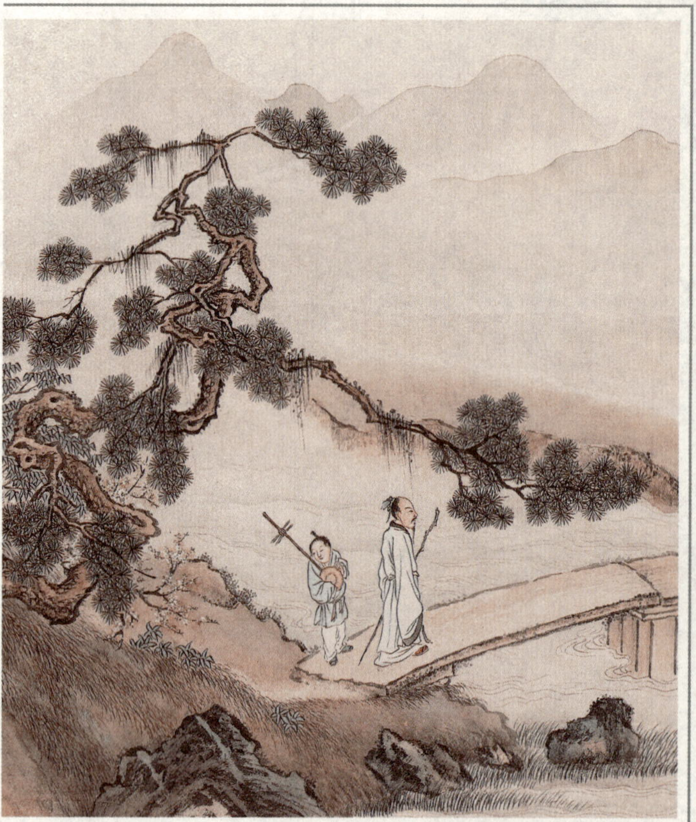

卷拾贰 集倩

倩不可多得,美人有其韵,名花有其致,青山绿水有其丰标。外则山臞韵士①,当情景相会之时,偶出一语,亦莫不尽其韵,极其致,领略其丰标,可以启名花之笑,可以佐美人之歌,可以发山水之清音,而又何可多得!集倩第十二。

① 臞:清瘦。

会心处，自有濠濮间想[1]，无可亲人鱼鸟；
偃卧时，便是羲皇上人，何必秋月凉风。

[1] 濠濮间想：《世说新语》归纳庄子事，比喻闲适无为逍遥的情趣。

一轩明月，花影参差，席地便宜小酌；
十里青山，鸟声断续，寻春几度长吟。

入山采药，临水捕鱼，绿树阴中鸟道；
扫石弹琴，卷帘看鹤，白云深处人家。

沙村竹色，明月如霜，携幽人杖藜散步；
石屋松阴，白云似雪，对孤鹤扫榻高眠。

焚香看书，人事都尽。隔帘花落，松梢月上。
钟声忽度，推窗仰视，河汉流云，大胜昼时。
非有洗心涤虑、得意爻象[1]之表者，不可独契此语。

[1] 爻象：《易·系辞下》云："爻象动乎内，吉凶见乎外。"后以"爻象"指吉凶。

纸窗竹屋，夏葛冬裘，饭后黑甜，日中白醉，足矣！

收碣石¹之宿雾，敛苍梧²之夕云。
八月灵槎³，泛寒光而静去；
三山神阙⁴，湛清影以遥连。

1 碣石：山名。在河北省昌黎县北。
2 苍梧：山名，又名九嶷山，在今湖南宁远城南。
3 八月灵槎：传说每年八月有按期通往天河的船。出自晋张华《博物志》卷十："旧说云天河与海通。近世有人居海渚者，年年八月有浮槎去来，不失期。"
4 三山神阙：三山指传说中的三座海上仙山，即方丈、蓬莱、瀛洲。神阙，神宫。

空三楚¹之暮天，楼中历历；
满六朝²之故地，草际悠悠。

1 三楚：秦汉时期，楚地分西楚、东楚、南楚，合称三楚。
2 六朝：三国吴、东晋和南朝的宋、齐、梁、陈，相继建都建康，史称六朝。

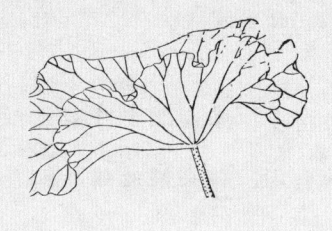

秋水岸移新钓舫,藕花洲拂旧荷裳[1]。

心深不减三年字[2],病浅难销十步香[3]。

1 荷裳:用荷叶制成的衣服,以显示穿衣者高洁的情操,泛指隐逸者的服装。
2 三年字:典故出自《古诗十九首·孟冬寒气至》:"置书怀袖中,三年字不灭。"此处借指时刻不忘。
3 十步香:是香的一种,为香草所作。

赵飞燕歌舞自赏,仙风留于绉裙[1];

韩昭侯[2]颦笑不轻,俭德昭于敝裤[3]。

皆以一物著名,局面相去甚远。

1 绉(zhòu)裙:古代的一种裙衣。绉,丝织物的一种。
2 韩昭侯:韩武,战国时期韩国第六位君主,其在位时,韩国实力达到鼎盛。
3 敝裤:破裤子。

翠微僧至,衲衣皆染松云;

斗室残经,石磬半沉蕉雨。

黄鸟情多,常向梦中呼醉客;

白云意懒,偏来僻处媚幽人。

乐意相关禽对语，生香不断树交花，是无彼无此真机；

野色更无山隔断，天光常与水相连，此彻上彻下真境。

美女不尚铅华，似疏云之映淡月；

禅师不落空寂，若碧沼之吐青莲。

书者喜谈画，定能以画法作书；

酒人好论茶，定能以茶法饮酒。

诗用方言，岂是采风之子；

谈邻俳语[1]，恐贻拂麈之羞。

1 俳语：戏笑嘲谑的言辞。

肥壤植梅花，茂而其韵不古；

沃土种竹枝，盛而其质不坚。

竹径松篱，尽堪娱目，何非一段清闲；
园亭池榭，仅可容身，便是半生受用。

南涧科头，可任半帘明月；
北窗坦腹，还须一榻清风。

披帙[1]横风榻，邀棋坐雨窗。

1 披帙：开卷阅读。

洛阳每遇梨花时，人多携酒树下，曰："为梨花洗妆[1]。"

1 洗妆：梳洗打扮。

绿染林皋，红销溪水。
几声好鸟斜阳外，一簇春风小院中。

有客到柴门，清尊开江上之月；
无人剪蒿径，孤榻对雨中之山。

恨留山鸟，啼百卉之春红；

愁寄陇云，锁四天之暮碧。

洞口有泉常饮鹤，山头无地不栽花。

双杵[1]茶烟，具载陆君之灶[2]；

半床松月，且窥扬子之书[3]。

1 双杵：女子捣衣的工具，这里是指两股茶烟好像是双杵。
2 陆君之灶：即陆羽茶灶。相传陆羽曾在余干县东山东南石磴中凿石为灶，取越溪水煎茶，世称"陆羽茶灶"。
3 扬子之书：扬雄曾仿《论语》作《法言》，仿《易经》作《太玄》。

寻雪后之梅，几忙骚客；

访霜前之菊，颇惬幽人。

帐中苏合[1]，全消雀尾之炉；

槛外游丝，半织龙须之席[2]。

1 苏合：即苏合香。香料名。
2 龙须之席：龙须般的罗网。

瘦竹如幽人，幽花如处女。

晨起推窗，红雨乱飞，闲花笑也；绿树有声，闲鸟啼也；烟岚[1]灭没，闲云度也；藻荇可数，闲池静也；风细帘青，林空月印，闲庭悄也。山扉[2]昼扃[3]，而剥啄每多闲侣；帖括[4]因人，而几案每多闲编。绣佛[5]长斋[6]，禅心释谛，而念多闲想，语多闲词。闲中滋味，洵[7]足乐也。

1 烟岚：山里蒸腾起来的雾气。

2 山扉：山野人家的柴门。

3 昼扃（jiōng）：指门白昼时关闭着。

4 帖括：泛指科举应试文章。

5 绣佛：彩绣的佛像。

6 长斋：长时间吃斋。

7 洵：确实、实在。

水流云在，想子美千载高标；

月到风来，忆尧夫[1]一时雅致。

1 尧夫：邵雍，字尧夫，号乐安先生，北宋理学家、易学家，"北宋五子"之一。

何以消天下之清风朗月？酒盏诗筒；
何以谢人间之覆雨翻云？闭门高卧。

高客留连，花木添清疏之致；
幽人剥啄，莓苔生淡冶之容。

雨中连榻，花下飞觞，进艇长波，散发弄月。
紫箫玉笛，飒起中流，白露可餐，天河在袖。

午夜箕踞松下，依依皎月，时来亲人，亦复快然自适。

香宜远焚，茶宜旋煮，山宜秋登。

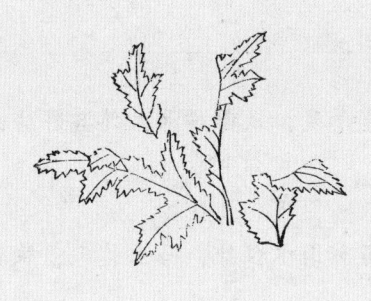

中郎[1]赏花云:"茗赏上也,谈赏次也,酒赏下也。若夫内酒[2]越茶[3]及一切庸秽凡俗之语,此花神之深恶痛斥者,宁闭口枯坐,勿遭花恼可也。"

1 中郎:指明代文学家袁宏道,字中郎,号石公,明代文学家,后面引文部分出自袁宏道的《瓶史·清赏》。
2 内酒:宫廷作坊酿制的酒。
3 越茶:越地出产的茶叶。

赏花有地有时,不得其时而漫然命客,皆为唐突。寒花宜初雪,宜雨霁,宜新月,宜暖房;温花宜晴日,宜轻寒,宜华堂;暑花宜雨后,宜快风,宜佳木浓阴,宜竹下,宜水阁;凉花宜爽月,宜夕阳,宜空阶,宜苔径,宜古藤巉石边。若不论风日,不择佳地,神气散缓,了不相属,比于妓舍酒馆中花,何异哉!

云霞争变,风雨横天,终日静坐,清风洒然。

妙笛至山水佳处,马上临风,快作数弄。

心中事，眼中景，意中人。

园花按时开放，因即其佳称，待之以客：梅花索笑客，桃花销恨客，杏花倚云客，水仙凌波客，牡丹酬酒客，芍药占春客，萱草忘忧客，莲花禅社客，葵花丹心客，海棠昌州客，桂花青云客，菊花招隐客，兰花幽谷客，酴醾[1]清叙客，蜡梅远寄客。须是身闲，方可称为主人。

1 酴醾：花我。在古代是有名花木。

马蹄入树鸟梦坠，月色满桥人影来。

无事当看韵书，有酒当邀韵友。

红蓼滩头，青林古岸，西风扑面，风雪打头，披蓑顶笠，执竿烟水，俨在米芾《寒江独钓图》中。

冯惟一[1]以杯酒自娱，酒酣即弹琵琶，弹罢赋诗，诗成起舞，时人爱其俊逸。

1 冯惟一：冯吉，字惟一，北宋官员、学者，擅长做文章、弹琵琶，人称其琵琶、诗、舞"三绝"。

风下松而含曲，泉萦石而生文[1]。

1 文：指波纹。

秋风解缆[1]，极目芦苇，白露横江，情景凄绝。孤雁惊飞，秋色远近，泊舟卧听，沽[2]酒呼卢[3]，一切尘事，都付秋水芦花。

1 解缆：解开系船的缆绳，指开船。
2 沽：买。
3 呼卢：古代的一种赌博方式。

设禅榻二，一自适，一待朋。朋若未至，则悬之，敢曰："陈蕃之榻，悬待孺子；长史之榻，专设休源[1]。"亦惟禅榻之侧，不容着俗人膝耳。诗魔酒颠，赖此榻祛醒。

1 长史之榻，专设休源：典出《梁书·列传第三十》："（晋安王）常于斋中别施一榻，云：此是孔长史坐，人莫得预焉。"孔长史，孔休源，字庆绪，南朝梁大臣、文学家，时任晋安王府长史，深得晋安王信任。

留连野水之烟，淡荡寒山之月。

春夏之交，散行麦野；秋冬之际，微醉稻场。
欣看麦浪之翻银，称翠直侵衣带；
快睹稻香之覆地，新醅欲溢尊罍[1]。
每来得趣于庄村，宁去置身于草野。

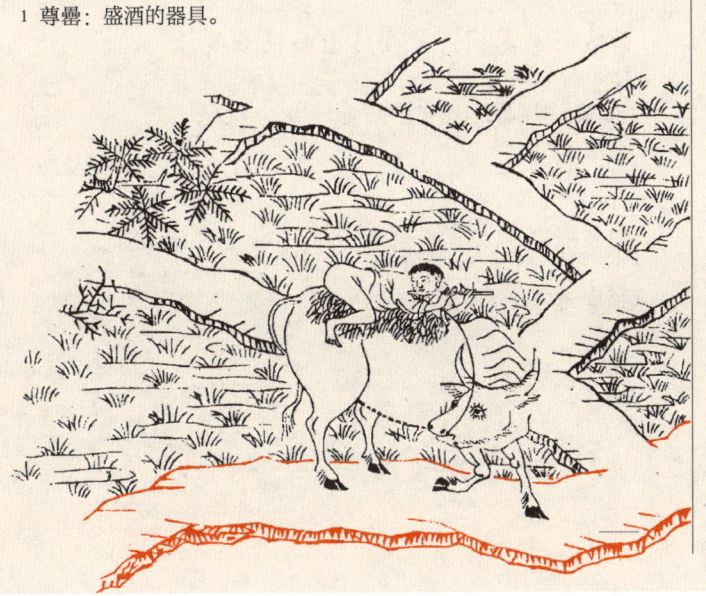

1 尊罍：盛酒的器具。

羁客[1]在云村[2],蕉雨点点,如奏笙竽[3],声极可爱。山人读《易》《礼》,斗后[4]骑鹤以至,不减闻《韶》[5]也。

[1] 羁客:旅客,旅人。
[2] 云村:云气笼罩的村落。
[3] 笙竽:笙和竽都是中国的管乐器。
[4] 斗后:斗星之后,借指方外之地。斗,星宿名。
[5] 《韶》:传说中舜所作的古乐曲。

阴茂树,濯寒泉,溯冷风,宁不爽然洒然!

韵言一展卷间,恍坐冰壶而观龙藏[1]。

[1] 龙藏:指佛家经典。

春来新笋[1],细可供茶;
雨后奇花,肥堪待客。

[1] 新笋:茶芽。

赏花须结豪友，观妓须结淡友，登山须结逸友，泛舟须结旷友，对月须结冷友，待雪须结艳友，捉酒须结韵友。

问客写药方，非关多病；
闭门听野史，只为偷闲。

岁行尽矣，风雨凄然，纸窗竹屋，灯火青荧，时于此间得小趣。

山鸟每夜五更喧起五次，谓之报更，盖山间率真漏声也。

分韵题诗，花前酒后；
闭门放鹤，主去客来。

插花着瓶中，令俯仰高下，斜正疏密，皆存意态，得画家写生之趣，方佳。

法饮宜舒,放饮宜雅,病饮宜小,愁饮宜醉;春饮宜郊,夏饮宜庭,秋饮宜舟,冬饮宜室,夜饮宜月。

甘酒以待病客,辣酒以待饮客,苦酒以待豪客,淡酒以待清客,浊酒以待俗客。

仙人好楼居,须岧峣[1]轩敞[2],八面玲珑,舒目披襟,有物外之观,霞表[3]之胜。宜对山,宜临水;宜待月,宜观霞;宜夕阳,宜雪月。宜岸帻[4]观书,宜倚栏吹笛;宜焚香静坐;宜挥麈清谈。江干宜帆影,山郁宜烟岚;院落宜杨柳,寺观宜松篁;溪边宜渔樵、宜鹭鸶,花前宜娉婷[5]、宜鹦鹉。宜翠雾霏微,宜银河清浅;宜万里无云,长空如洗;宜千林雨过,迭嶂如新;宜高插江天,宜斜连城郭;宜开窗眺海日,宜露顶卧天风;宜啸,宜咏,宜终日敲棋;宜酒,宜诗,宜清宵对榻。

---

1 岧峣(tiáo yáo):形容山高。

2 轩敞：形容房屋高大宽敞。
3 霞表：云霞之外，高空。亦喻指远离尘俗之处。
4 岸帻（zé）：堆起头巾，露出前额，形容衣着简率不羁。帻，古代的一种头巾。
5 娉婷：形容女子容貌姣好、姿态优雅的样子，此处指美人。

良夜风清，石床独坐，花香暗度，松影参差。
黄鹤楼可以不登，张怀民[1]可以不访，《满庭芳》[2]可以不歌。

1 张怀民：名梦得，北宋官员。苏轼的《记承天寺夜游》即为夜访张怀民而作，此句借用此典。
2《满庭芳》：指南宋张镃咏月名词《满庭芳·促织儿》，被誉为"咏物之入神者"。

茅屋竹窗，一榻清风邀客；
茶炉药灶，半帘明月窥人。

娟娟花露，晓湿芒鞋；
瑟瑟松风，凉生枕簟[1]。

1 枕簟：枕席，泛指卧具。

绿叶斜披,桃叶渡[1]头,一片弄残秋月;
青帘高挂,杏花村[2]里,几回典却春衣。

1 桃叶渡:古渡口,在今南京秦淮河畔。相传因东晋王献之在此作歌送给爱妾桃叶,因此得名。
2 杏花村:出自唐杜牧《清明》一诗:"借问酒家何处有,牧童遥指杏花村。"后以杏花村代指卖酒处。

杨花飞入珠帘,脱巾洗砚;
诗草[1]吟成锦字[2],烧竹煎茶。
良友相聚,或解衣盘礴,或分韵角险[3],顷之貌出青山,吟成丽句,从旁品题[4]之,大是开心事。

1 诗草:诗的草稿,亦指诗作、诗集。
2 锦字:锦字回文书,亦指华美的文辞。
3 角险:指诗人宴集,联句赋诗,争奇斗险,较量诗才。
4 品题:对诗文书画的题跋或评语。

木枕傲,石枕冷,瓦枕粗,竹枕鸣。
以藤为骨,以漆为肤,其背圆而滑,其额方而通。
此蒙庄[1]之蝶庵,华阳[2]之睡几。

1 蒙庄:指庄子。
2 华阳:指南朝齐梁时期的陶弘景,自号华阳隐居。

小桥月上,仰盼星光,浮云往来,掩映于牛渚[1]之间,别是一种晚眺。

1 牛渚:牛渚山。

医俗病莫如书,赠酒狂莫如月。

明窗净几,好香苦茗,有时与高衲谈禅;
豆棚菜圃,暖日和风,无事听友人说鬼。

花事乍开乍落,月色乍阴乍晴,兴未阑,踌躇搔首;
诗篇半拙半工,酒态半醒半醉,身方健,潦倒放怀。

湾月宜寒潭，宜绝壁，宜高阁，宜平台，宜窗纱，宜帘钩；宜苔阶，宜花砌，宜小酌，宜清谈，宜长啸，宜独往，宜搔首，宜促膝。春月宜尊罍，夏月宜枕簟，秋月宜砧杵，冬月宜图书。楼月宜箫，江月宜笛，寺院月宜笙，书斋月宜琴。闺阁月宜纱橱，勾栏月宜弦索[1]；关山月宜帆樯，沙场月宜刁斗[2]。花月宜佳人，松月宜道者，萝月宜隐逸，桂月宜俊英；山月宜老衲，湖月宜良朋，风月宜杨柳，雪月宜梅花。片月宜花梢，宜楼头，宜浅水，宜杖藜，宜幽人，宜孤鸿。满月宜江边，宜苑内，宜绮筵，宜华灯，宜醉客，宜妙妓。

1 弦索：以弦乐器为主的管弦乐的统称。
2 刁斗：古代军中用的东西。白天用作炊具，夜间用来警戒报时。

佛经云："细烧沉水[1]，毋令见火。"此烧香三昧语。

1 沉水：指沉水香。

石上藤萝，墙头薜荔，小窗幽致，绝胜深山，加以明月清风，物外之情，尽堪闲适。

出世之法，无如闭关[1]。计一园手掌大，草木蒙茸[2]，禽鱼往来，矮屋临水，展书匡坐[3]，几于避秦[4]，与人世隔。

1 闭关：闭门谢客，断绝世事。
2 蒙茸：蓬松、杂乱的样子。
3 匡坐：正坐。
4 避秦：典故出自陶渊明《桃花源记》："自云先世避秦时乱，率妻子邑人，来此绝境，不复出焉。"后以"避秦"代指避世隐居。

山上须泉，径中须竹。读史不可无酒，谈禅不可无美人。

幽居虽非绝世，而一切使令[1]、供具[2]、交游、晤对[3]之事，似出世外。花为婢仆，鸟为笑谈，溪潄涧流代酒肴烹炼，书史作师保，竹石质友朋，雨声云影，松风萝月，为一时豪兴之歌舞。情景固浓，然亦清趣。

1 使令：供使唤的人。
2 供具：陈列摆设酒食的器具，亦指酒食之类。
3 晤对：会面交谈。

蓬窗夜启，月白于霜；渔火沙汀，寒星如聚。忘却客子作楚，但欣烟水留人。

无欲者其言清，无累者其言达。口耳巽入[1]，灵窍忽启。故曰不为俗情所染，方能说法度人。

1 口耳巽入：就是用委婉的言词卑顺谦逊地对人说话，使人入口入耳。巽，此处指对人说话卑顺谦逊。

临流晓坐，欸乃[1]忽闻，山川之情，勃然不禁。

1 欸乃：拟声词，行船摇桨或摇橹的声音。

舞罢缠头何所赠，折得松钗[1]；
饮余酒债莫能偿，拾来榆荚[2]。

1 松钗：松叶的双股呈钗状，因此称为松钗。
2 榆荚：榆树的果实，俗称榆钱。

午夜无人知处,明月催诗;

三春有客来时,香风散酒。

如何清色界?一泓碧水含空;

那可断游踪?半砌青苔殢[1]雨。

1 殢(tì):滞留,困于。

村花路柳,游子衣上之尘;

山雾江云,行李担头之色。

何处得真情?买笑不如买愁;

谁人效死力[1]?使功不如使过[2]。

1 死力:浑身之力,最大力量。
2 使功不如使过:出自南朝宋范晔《后汉书·索卢放传》:"夫使功者不如使过,原以身代太守之命。"指使用有功劳的人,不如使用有过失的人,使其立功赎罪。

芒鞋甫挂,忽想翠微之色,两足复绕山云;

兰棹方停,忽闻新涨之波,一叶仍飘烟水。

旨[1]愈浓而情愈淡者，霜林之红树；
臭[2]愈近而神愈远者，秋水之白蘋。

1 旨：旨趣。
2 臭：气味。

龙女濯冰绡，一带水痕寒不耐；
姮娥[1]携宝药，半囊月魄[2]影犹香。

1 姮娥：嫦娥。
2 月魄：指月亮初生或月残时不明亮的部分，泛指月亮，月光。

山馆秋深，野鹤唳残清夜月；
江园春暮，杜鹃啼断落花风。

石洞[1]寻真，绿玉嵌乌藤之杖[2]；
苔矶垂钓，红翎间白鹭之蓑[3]。

1 石洞：四川阿坝黄龙洞，相传黄龙真人曾在洞中修炼，入洞可寻真人遗迹。
2 绿玉嵌乌藤之杖：指绿玉杖。传说中仙人所用的手杖。
3 红翎间白鹭之蓑：白鹭蓑上间或插着几根红色翎毛。白鹭蓑，指以白鹭蓑羽为饰的帽子。

晚村人语,远归白社[1]之烟;
晓市花声,惊破红楼[2]之梦。

[1] 白社:借指隐士或隐士所居之处。
[2] 红楼:红色的楼,泛指华美的楼房。

案头峰石,四壁冷浸烟云,何与胸中丘壑;
枕边溪涧,半榻寒生瀑布,争如舌底鸣泉。

扁舟空载,赢却关津不税愁;
孤杖深穿,揽得烟云闲入梦。

幽堂昼密,清风忽来好伴;
虚窗夜朗,明月不减故人。

晓入梁王之苑[1],雪满群山;
夜登庾亮之楼[2],月明千里。

[1] 梁王之苑:即梁苑,在今河南开封东南,西汉梁孝王所建的游赏宴客之所。
[2] 庾亮之楼:即庾楼,又名庾公楼,在今江西九江,传说为东晋庾亮镇江州时所建。

名妓翻经,老僧酿酒,书生借箸谈兵[1],介胄[2]登高作赋,羡他雅致偏增;屠门食素,狙侩[3]论文,厮养[4]盛服,领缘[5]方外,束修[6]怀刺[7],令我风流顿减。

1 借箸谈兵：典故出自《史记·留侯世家》："张良对曰：'臣请借前箸，为大王筹之。'"后以"借箸"代指出谋划策。
2 介胄：铠甲和头盔，代指士兵。
3 狙侩：亦作"狙狯"，狡猾奸诈。
4 厮养：厮役，受人驱使的奴仆。
5 领缘：有装饰的衣领边缘。
6 束修：弟子拜师时送给老师的礼物。
7 怀刺：怀藏名片，准备谒见。

高卧酒楼，红日不催诗梦醒；
漫书花榭。白云恒带墨痕香。

相美人如相花，贵清艳而有若远若近之思；
看高人如看竹，贵潇洒而有不密不疏之致。

梅称清绝，多却罗浮一段妖魂[1]；
竹本萧疏，不耐湘妃数点愁泪。

[1] 罗浮一段妖魂：借用赵师雄迁罗浮，醉憩于梅花树下的典故。

穷秀才生活，整日荒年；
老山人出游，一派熟路。

眉端扬未得，庶几在山月吐时；
眼界放开来，只好向水云深处。

刘伯伦携壶荷锸，死便埋我，真酒人哉！
王武仲闭关护花，不许踏破，直花奴耳。

一声秋雨，一行秋雁，消不得一室清灯；
一月春花，一池春草，绕乱却一生春梦。

夭桃红杏，一时分付东风；
翠竹黄花，从此永为闲伴。

花影零乱，香魂夜发，辴然[1]而喜。烛既尽，不能寐也。

[1] 辴（chǎn）然：笑容满面的样子。

云落寒潭，涤尘容于水镜；
月流深谷，拭淡黛于山妆。

寻芳者追深径之兰，识韵者穷深山之竹。

花间雨过，蜂粘几片蔷薇；
柳下童归，香散数茎檐卜[1]。

[1] 檐卜：西域植物，其花甚香。

幽人到处烟霞冷,仙子来时云雨香。

落红点苔,可当锦褥;草香花媚,可当娇姬。

莫逆则山鹿溪鸥,鼓吹则水声鸟转。

毛褐[1]为纨绮,山云作主宾。

和根野菜,不让侯鲭[2];带叶柴门,奚输甲第?

1 毛褐:兽毛或粗麻制成的短衣。
2 侯鲭:即五侯鲭。《西京杂记》:"娄护丰辩,传食五侯间,各得其欢心,竞致奇膳,护乃合以为鲭,世称五侯鲭,以为奇味焉。"五侯,汉武帝同日所封母舅王谭、王商、王立、王根、王逢时五人。鲭,鱼和肉合烹成的食物,后泛指美味佳肴。

野筑郊居,绰有规制;

茅亭草舍,棘垣竹篱,构列无方,淡宕如画。

花间红白,树无行款,徜徉洒落,何异仙居?

墨池寒欲结,冰分笔上之花;

炉篆[1]气初浮,不散帘前之雾。

1 炉篆:香炉的烟缕。因烟雾缭绕如篆书,故称。

青山在门，白云当户，明月到窗，凉风拂座，胜地皆仙，五城十二楼[1]，转觉多设。

1 五城十二楼：传说中神仙生活的地方，比喻仙境。《史记·孝武本纪》："方士有言：黄帝时为五城十二楼，以候神人于执期，命曰迎年。"

何为声色俱清？曰："松风水月，未足比其清华。"
何为神情俱彻？曰："仙露明珠，讵能方[1]其朗润。"

1 方：比拟。

"逸"字是山林关目[1]，用于情趣，则清远多致；用于事务，则散漫无功。

1 关目：中国戏曲术语，泛指剧本中情节的安排和构思。

宇宙虽宽，世途眇[1]于鸟道；
征逐[2]日甚，人情浮比鱼蛮[3]。

1 眇：通"渺"，渺茫幽远。
2 征逐：追随，追求。
3 鱼蛮：渔夫，渔民。

柳下舣舟[1]，花间走马，观者之趣，倍于个中。

1 舣舟：船泊岸边。

问人情何似？曰："野水多于地，春山半是云[1]。"
问世事何似？曰："马上悬壶浆，刀头分顿肉[2]。"

1 野水多于地，春山半是云：此句出自宋代赵师秀《薛氏瓜庐》。
2 马上悬壶浆，刀头分顿肉：此句出自唐代王建《从军行》。顿肉，住宿或外出时所带的肉食。

尘情一破，便同鸡犬为仙；
世法相拘，何异鹤鹅作阵[1]。

1 鹤鹅作阵：像鹤鹅作阵那样拘束做作。鹤飞时会排列出"人"字，鹅行时会排列出"一"字。

清恐人知，奇足自赏。

与客倒金樽,醉来一榻,岂独客去为佳;
有人知玉律,回车三调[1],何必相识乃再。
笑元亮之逐客何迂,羡子猷[2]之高情可赏。

1 有人知玉律,回车三调:典故出自《世说新语·任诞》,指桓子野为王子猷吹笛三曲的典事。
2 子猷:即王羲之之子王徽之。

高士岂尽无染?莲为君子,亦自出于淤泥;
丈夫但论操持,竹作正人,何妨犯以霜雪?

东郭先生之履[1],一贫从万古之清;
山阴道士之经[2],片字收千金之重。

1 东郭先生之履:典故出自《史记·滑稽列传》,"汉武帝时有东郭先生,久待诏公车,贫困饥寒,在雪中行走,鞋有上无下,脚踏在地上。路人笑之,却逍遥自如。"
2 山阴道士之经:指王羲之为山阴地方的道士书写《黄庭经》,换道士的白鹅之事。

管辂[1]请饮后言,名为酒胆;
休文[2]以吟致瘦,要是诗魔。

1 管辂：字公明，三国时期曹魏术士。年少时遇琅琊太守单子春邀宴，见坐客百余人皆能言之士，为壮胆魄，先饮酒三升，而后发言。
2 休文：指沈约，字休文，南朝文学家。《南史·沈约传》中记载，他写信给好友徐勉说：我年老多病，近百多天来衣带渐宽，每月手臂约瘦半分。

因花索句，胜他牍奏[1]三千；

为鹤谋粮，赢我田耕二顷。

1 牍奏：公文。

至奇无惊，至美无艳。

瓶中插花，盆中养石，虽是寻常供具，实关幽人性情。若非得趣，个中布置，何能生致？

湖海上浮家泛宅[1]，烟霞五色足资粮[2]；
乾坤内狂客逸人，花鸟四时供啸咏。

1 浮家泛宅：典故出自《新唐书·隐逸列传》："(张)志和曰：愿为浮家泛宅，往来苕霅间。"形容以船为居所，长期生活在水上，如浮萍般漂泊不定。
2 资粮：粮食，泛指钱粮。

养花，瓶亦须精良，譬如玉环、飞燕不可置之茅茨[1]，嵇阮贺李[2]不可请之店中。

1 茅茨：简陋的茅屋。
2 嵇阮贺李：指性格狂放不羁的嵇康、阮籍、贺知章、李白四人。

才有力以胜蝶，本无心而引莺；
半叶舒而岩暗，一花散而峰明。

玉槛[1]连彩，粉壁[2]迷明，动鲍照[3]之诗兴，销王粲[4]之忧情。

1 玉槛：玉石栏杆，泛指华美的栏杆。
2 粉壁：白色墙壁。
3 鲍照：南朝宋诗人，人称鲍参军，"元嘉三大家"之一。
4 王粲：字仲宣，东汉末年文学家，"建安七子"之一，与曹植并称"曹王"。

急不急之辩，不如养默；处不切之事，不如养静；助不直之举，不如养正；恣不禁之费，不如养福；好不情之察，不如养度；走不实之名，不如养晦；近不祥之人，不如养愚。

诚实以启人之信我，乐易以使人之亲我，虚己以听人之教我，恭己以取人之敬我，奋发以破人之量[1]我，洞彻以备人之疑我，尽心以报人之托我，坚持以杜人之鄙我。

1 量：估量、考虑。